AF311868

EDMOND DUPONT-SEVREZ

RENÉE D'AMBOISE

POÈME HISTORIQUE

1595

*O Patria! ô Divum domus... et inclyta bello
Mœnia!*

VIRGILE.

PARIS

LIBRAIRIE DES BIBLIOPHILE

Rue Saint-Honoré, 338

1880

RENÉE D'AMBOISE

EDMOND DUPONT-SEVREZ

RENÉE D'AMBOISE

POÈME HISTORIQUE

1595

*O Patria! ô Divum domus... et inclyta bello
Mœnia!*

VIRGILE.

PARIS

LIBRAIRIE DES BIBLIOPHILES

Rue Saint-Honoré, 338

—

1880

PREMIÈRE PARTIE

CAMBRAI INVESTI

Aux vieilles tours de la Cité guerrière
Qui fut des Francs le glorieux berceau
La France enfin arborait son drapeau.
L'Escaut au nord lui traçait sa frontière;
De l'Espagnol, chassé du Cambrésis,
L'étendard rouge avait fait place aux lis.
Du Grand Henri quand la main paternelle
A tes destins ouvre une ère nouvelle,
Pourquoi, Cambrai, tes enfants soucieux
Gémissent-ils dans un dur esclavage;
Et quel tyran, comprimant leur courage,
Les tient courbés sous son joug odieux?
C'est Balagni! Gouverneur infidèle,

D'un roi clément il fait haïr les lois ;
Des citoyens il foule aux pieds les droits ;
Maudit de tous, fier dans sa Citadelle,
Comme un bon prince, il jouit en repos
De ses trésors, fruits d'injustes impôts.
Plus d'un bourgeois, plus d'un vassal rebelle,
Ont contre lui tramé de vains complots ;
Le cruel Duc rit de leur résistance,
Et les soldats armés pour leur défense
Veillent au seuil de leurs sombres cachots.

Mais tout à coup dans la ville troublée
Quels cris affreux ont répandu l'effroi ?
Tout s'est ému ! Dans la tour du beffroi,
La lourde cloche, avec force ébranlée,
En mugissant, sonne à coups redoublés.
Partout on crie : « Aux ennemis ! aux armes ! »
Tous aux remparts, mus par ces cris d'alarmes,
Le fer en main, déjà sont rassemblés.
Oh ! quel spectacle a glacé leurs courages !
Mille clameurs font retentir les airs ;
Et le tocsin aux clochers des villages
Hurle partout en lugubres concerts.
De tous côtés, des enfants et des femmes

Courent errants, chassés de leurs maisons;
Et des torrents de fumée et de flammes
Roulent au loin dévorant les moissons.
On voit bientôt sur les hauteurs voisines
Se déployer d'immenses bataillons;
Et le sommet de toutes les collines
S'est hérissé d'armes et de canons.   -
Tous sont frappés d'une stupeur muette.

Non loin des murs le son de la trompette
Soudain s'entend; porté sur un coursier
Qui devant lui fait voler la poussière,
Vient au galop un brillant officier;
Sa main agite une blanche bannière :
C'est un héraut. Dans la place introduit
Les yeux bandés, jusqu'à l'Hôtel de ville
Un chef le mène, et la foule le suit.

Là, dans la salle où, superbe et tranquille,
Le gouverneur l'attendait : « Maréchal,
Au nom du roi de toutes les Espagnes,
Dit-il; au nom de Fuentès, général
Des bataillons qui couvrent vos campagnes,
A moi, seigneur et prince de Chimai,

Rendez les clefs de votre citadelle,
Ou nos boulets vont écraser Cambrai.
— Prince, à son Roi Cambrai sera fidèle,
Dit Balagni ; non, jamais la cité
Que jusqu'ici nul guerrier n'a su prendre
Ne subira la honte de se rendre
A l'étranger par elle rejeté ;
Et moi, son Duc, je saurai la défendre.
— Eh bien ! je plains votre témérité,
Reprend Chimai ; de Philippe irrité
Cambrai soumis eût senti la clémence ;
Vous résistez : redoutez sa vengeance.
— De ce courroux nous bravons les éclats,
Répond le Duc ; cette vaine jactance
Nous trouble peu : Cambrai ne se rend pas. »
Et le héraut, escorté de soldats,
Est reconduit aux portes de la ville.

Le Maréchal, de sa garde entouré,
Traverse alors cette foule immobile ;
D'un air altier et d'un pas assuré
Sort du palais, vers les remparts s'avance,
Et va partout disposer la défense.
Il place aux tours qui protègent les murs

Les officiers qu'il connaît les plus sûrs;
Des bastions arme les batteries,
Fait convoquer les chefs des Compagnies,
Et donne à tous leur poste de combat.

Mais dans Cambrai le peuple ému s'agite;
Des fiers bourgeois le vieil orgueil s'irrite;
Si des périls la crainte les abat,
Contre leur Duc la haine les excite.

Parmi la foule inquiète, un vieillard
Au ton railleur, au front pâle et sévère,
Par des discours qu'il répand avec art
S'efforce encor d'enflammer leur colère.
Tout dans son air est étrange; ses yeux
Errent hagards ou roulent furieux.
Sur des haillons avec faste il déploie
Un long manteau brillant d'or et de soie;
Il va marchant d'un pas majestueux,
Ou, s'arrêtant près des groupes nombreux,
Il parle ainsi d'une voix haute et fière :
« Eh bien ! courage ! amis; tous nos voisins
Vont envier nos trop heureux destins !
Après quinze ans de honte et de misère,
Un seul fléau nous restait à subir;

Soyez contents! vous allez en jouir :
On nous veut bien faire octroi de la guerre.
De l'arquebuse armez donc votre bras,
Et, transformés en farouches soldats,
Sur vos remparts, au milieu du carnage,
Allez braver la mort avec courage!
Mons Balagni l'ordonne; hier encor
Vous lui versiez vos sueurs et votre or;
Mais aujourd'hui vous lui devez l'hommage
De votre sang. Que la terrible image
Des longs combats, des périls, des labeurs,
De vos maisons en flamme et du pillage,
D'un lâche effroi ne glace point vos cœurs;
De vingt assauts subissons les horreurs
Plutôt qu'aux mains de notre auguste Prince
Soient arrachés son sceptre et sa province!
Cambrai sans doute, à l'Espagnol rendu,
Recouvrerait tout ce qu'il a perdu :
Ses libertés, ses droits et ses franchises;
Nos Échevins, au nom de l'équité,
Pourraient encor régir notre cité;
Et nous verrions dans nos tristes églises
Rentrer enfin nos prêtres exilés!
Mais qui de vous a les sens si troublés

Qu'il ne préfère à ce vain avantage
L'insigne honneur de conserver pour Duc
Des souverains le plus doux, le plus sage,
Monseigneur Jean Balagni de Mont-Luc ? »

Ainsi sa voix, par la haine animée,
Partout éclate en sarcasmes amers ;
Et ses discours, dans la foule alarmée
Vont soulevant des murmures divers :
« Pauvre Normand ! s'écrie avec tristesse
Un vieux bourgeois. Le malheureux ne cesse
Depuis deux ans d'attaquer Balagni,
Qui le dédaigne et le laisse impuni ;
Mais il est temps que sa fureur s'arrête,
Si du péril il veut sauver sa tête.
— Eh ! n'est-il pas à l'abri de tout mal ?
Reprend un autre. Et que pourrait-il craindre ?
Quand il le veut, il est le commensal
De notre Duc ; Normand sait l'art de feindre.
— Il ne sait pas du moins l'art de flatter ;
Dit un troisième. On n'oserait redire
Ce que Normand le force d'écouter.
Si devant nous sans crainte il le déchire,
Dans son palais il est plus libre encor ;

A son audace il donne un plein essor.
Le Duc le souffre; il affecte d'en rire :
Car il sait bien que le pauvre homme est fou !
— Le fou pourtant, dit Jérôme Tribou,
Vieillard robuste au sévère visage,
Normand le fou se montre le plus sage.
Quand sous le joug nous ployons tous le cou,
Lui seul du Prince il brave la puissance ;
Et par les traits qu'en raillant il nous lance,
Il vient piquer notre honneur endormi,
Et stimuler nos cœurs à la vengeance
Contre le Duc, notre seul ennemi.
Eh bien ! suivons la voix qui nous conseille !
De sa torpeur que Cambrai se réveille !
Pour recouvrer nos droits, soyons unis !
D'un siège affreux préservons notre ville,
En renversant de son trône fragile
L'homme orgueilleux qui nous tient asservis. »

Normand, dont l'œil suit la foule inconstante,
Entend ces mots et les voit applaudis.
« Oui, reprend-il d'une voix grave et lente,
Voici le jour où Cambrai peut enfin
Changer ses fers contre un libre destin !

Écoutez-moi, mon langage est sincère ;
En ce moment je parle sans détours.
Loin d'appeler sur nous l'horrible guerre,
De l'Espagnol acceptons le secours.
Il ne vient point répandre sa colère
Sur la cité qu'on lui prit malgré nous ;
Il vient briser le sceptre sanguinaire
Du gouverneur que nous haïssons tous.
C'est sur lui seul qu'il veut frapper ses coups.
Et puis voyez quels alliés terribles
Ont de Fuentès grossi les bataillons !
Du haut des murs comptez leurs pavillons !
Arras, Douai, cités jadis paisibles,
Et Valencienne et tout le Cambrésis
Se sont armés pour punir l'insolence
De ce bâtard qui, vrai chef de bandits,
Lâche et félon, n'usa de sa puissance
Que pour piller, ravager leur pays !
Et doutez-vous que Fuentès ne ramène
Notre Prélat par le Duc exilé ?
En vain cent fois vos vœux l'ont rappelé ;
De son retour l'espérance est certaine
Si dans nos murs entre ce Capitaine,
Qui, nous vengeant d'un tyran détesté,

Nous rend nos droits, l'honneur, la liberté !
Eh bien ! après tant de jours de souffrance,
Osons jeter le cri de délivrance !
Les Espagnols sont pour nous des amis.
Loin de tenter une lutte inutile,
Courons ouvrir les portes de la ville !
Que devant eux tombent nos ponts-levis !
Avec leur chef, par un accord habile,
Scellons la paix, et nos maux sont finis. »

Il dit, et tous, poussés par la vengeance,
Vers les remparts, où Normand les devance,
Couraient, jetant de confuses clameurs,
Quand devant eux une femme s'élance,
Qui d'un regard comprime leurs fureurs.
De Balagni c'est l'épouse guerrière,
Seul rejeton, espérance dernière
Du noble sang de ce sage héros
Georges d'Amboise, à qui la France entière
A dû longtemps sa gloire et son repos.
Normand la voit et s'enfuit; mais Renée
Pousse au milieu de la troupe étonnée,
Son noir coursier, et, la pique à la main,
L'œil menaçant : « Où courez-vous ? dit-elle.

Quelle folie ! et quel triste dessein
Va vous souiller d'une tache éternelle !
O crime ! ô honte ! Ainsi Cambrai, rebelle,
Veut sans combat se rendre à l'ennemi !
— Notre ennemi, c'est Balagni, Madame !
Cria l'un d'eux ; et sous son joug infâme
Cambrai courbé trop long temps a gémi !
— Des Espagnols dont le roi vous menace
Craignez-vous donc si peu le bras vengeur ?
Ignorez-vous que leur cruelle audace
Partout répand le ravage et l'horreur ?
— Les Espagnols, que votre voix outrage,
Sont nos amis et nos libérateurs.
— Eux, vos amis ! Le meurtre, le pillage
Et l'incendie en sont le triste gage !
Voyez au loin sur toutes les hauteurs,
Parmi les flots d'une épaisse fumée,
Voyez briller de sinistres lueurs !
De Rumilly l'église est consumée ;
Dans le brasier sa tour s'est abîmée !
De là, le feu roule, et, croissant toujours,
Fait de Noyelle un vaste amas de cendre ;
Jusqu'à Marcoing menace de s'étendre,
Et va bientôt dévorer vos faubourgs.

— C'est Balagni qui, par un ordre impie,
Dans nos faubourgs sème ainsi l'incendie.
— Ah ! parmi vous qui peut croire un tel bruit ?
De ce forfait quel serait donc le fruit ?
— Qui ne le voit ? Le Duc est magnanime !
Aux Espagnols, qu'il veut rendre odieux,
Sa perfidie ose imputer son crime,
Pour nous forcer à combattre contre eux.
— O haine aveugle ! ô discours ridicule !
Donc en bandits nous changeons nos soldats !
Et votre esprit est à ce point crédule !
Mais on vous trompe !... Eh ! ne voyez-vous pas
Que tout d'abord c'est votre Duc lui-même
Que frapperait cet affreux stratagème ?
Mais Escaudœuvre, Estourmelle et Niergni,
Et Cantigneul, où l'Espagnol domine,
Et La Folie, est-ce donc Balagni
Qui de sa main les brûle et les ruine ?
Il n'est château dans tout le Cambrésis
Que de Fuentès le lansquenet ne pille.
Sur tous les points où la flamme au loin brille,
N'en doutez pas, là sont les ennemis !
Partout sévit leur fureur ; de Fontaines,
Des malheureux qui voulaient résister

Au bras sanglant qui les vient dévaster
Sont vers Inchy traînés, chargés de chaînes.
Bourlon a vu, dans son bois profané,
La hache en main, le soldat forcené
Couper ses pins, abattre ses vieux chênes ;
Et l'humble Escaut s'indigne que des forts
Munis de tours se dressent sur ses bords ;
Plus de vingt ponts, unissant ses deux rives,
Brisent le cours de ses ondes plaintives.
Partout enfin l'ennemi menaçant
Sème la mort et se repaît de sang.
Voilà comment Fuentès vient vous défendre !
— Rendons-nous donc ! La paix et ses douceurs
Auront bientôt réparé ces malheurs.
— Si jusque-là votre cœur peut descendre,
A l'ennemi, lâches, courez vous rendre !
Mais je frémis du sort qui vous attend,
Lorsque Henri Quatre, à qui tout cède en France,
Tournant ses coups contre un peuple inconstant,
De ce forfait viendra tirer vengeance.
Quand dans Cambrai naguère votre Roi
Vint triomphant recevoir votre hommage,
Tous, à l'envi volant sur son passage,
Vous lui juriez une éternelle foi.

Espérez-vous voir longtemps impunie
Votre révolte et votre félonie?
— Nous serions fiers d'obéir à ses lois ;
Mais Balagni, qui sous sa main sanglante,
Comme un vautour, tient la cité tremblante,
Nous fait chérir nos maîtres d'autrefois.
— Livrer Cambrai n'en est pas moins un crime !
Si, dépassant un pouvoir légitime,
Parfois le Duc a méconnu vos droits,
On sait du Roi la justice sévère ;
De ses sujets Henri Quatre est le père ;
Vous le prendrez pour juge. Avant six jours,
Il vient sauver, par son puissant secours,
Une cité qu'il croit toujours fidèle :
Il entendra vos plaintes et vos vœux.
A son arrêt nous souscrirons tous deux ;
Mais, vous, gardez au Roi sa Citadelle.
— Le pouvons-nous ? Aux vingt mille soldats
Qui vont saper les murs de notre ville
Qu'opposez-vous ? Contre leur chef habile,
Même un seul jour, Cambrai ne tiendra pas.
— Non, mes amis ; résister est facile.
Avec leurs forts et défendus par vous,
Nos vieux remparts braveront tous les coups.

Redoutez-vous ces vils stipendiaires,
Vous, tant vantés pour vos vertus guerrières ?
Que font d'ailleurs le nombre et le danger,
Quand on combat pour chasser l'étranger ?
Fuentès sans doute est un grand capitaine,
Mais un héros que la Victoire amène
A vos efforts va prêter son appui ;
Bientôt, sentant sa défaite certaine,
Fuentès aussi s'enfuira devant lui. »

Renée ainsi de sa voix souveraine
Calmait la crainte et comprimait la haine.
Les plus mutins baissaient leur front altier ;
Tous se taisaient... Tout à coup à leur vue
S'offre un tableau dont leur âme est émue :
Sur un brancard couvert d'un drap grossier,
Pâle, étendu mourant, un officier
Était porté vers l'auguste Princesse ;
Autour de lui ses nombreux serviteurs
Vont à pas lents, et, muets de tristesse,
Cherchent en vain, en lui cachant leurs pleurs,
A soulager ses cruelles douleurs.
Des artilleurs c'est le chef magnanime,
Laderqueri, que la Duchesse estime ·

Le plus vaillant parmi ses défenseurs.
C'est que toujours la France lui fut chère !
Dès le berceau Fourque d'Oisy, son père,
Sut à son cœur en inspirer l'amour.
Prisé des grands, du peuple ami sincère,
Il les conseille et défend tour à tour ;
Et dans Cambrai tous l'aiment comme un frère.
Aussi chacun s'empresse... On veut le voir,
Le secourir... Hélas ! ô désespoir !
D'un plomb mortel sa poitrine est frappée ;
Des coups de sabre ont déchiré son sein,
D'où le sang noir, que l'on étanche en vain,
Coule à longs flots ; la terre en est trempée.
Devant Renée ils s'arrêtent enfin.
Pour soulever vers elle son front blême,
Laderqueri fait un effort suprême,
Et d'une voix qu'étouffent ses sanglots,
En gémissant, laisse tomber ces mots :
« Le valeureux Fourque n'est plus, Madame !
Les Espagnols, que repoussait son bras,
L'ont massacré dans son manoir en flamme.
Un seul penser adoucit son trépas :
C'est qu'il sera vengé par vos soldats.
— Quoi ! Fourque est mort ! dit Renée éplorée.

Ils ont frappé cette tête sacrée !
Affreux forfait ! Ah ! vieillard malheureux !
Du moins tu meurs combattant pour la France.
Ton sort est grand ! mais ton sang généreux,
Versé pour nous, nous crie à tous : Vengeance !
Oui, tu seras vengé dans peu de jours !
Et vous, qu'épuise une horrible blessure,
Dans mon palais cherchez un prompt secours ;
Bientôt les soins d'une main sage et sûre
Rendront leur chef à nos jeunes guerriers ;
Guidés par vous, outrés de votre injure,
Ils châtieront ces lâches meurtriers.
— Non, il n'est plus d'espoir pour moi, Madame !
Dit-il. Déjà la mort glace mon âme.
Oui, mes amis, c'en est fait, je me meurs !...
Hélas ! c'était trop peu pour leurs fureurs
Que Fourque mort et mon manoir en cendre ;
J'ai vu tuer et ma mère et mes sœurs !
Déjà blessé, j'ai voulu les défendre ;
Ces forcenés m'ont percé de leurs coups ;
Je suis tombé mourant. Accourus tous,
Mes serviteurs m'ont soustrait au carnage ;
Et moi, voyant leur zèle et leur courage :
« Transportez-moi, sans tarder, dans Cambrai,

Leur ai-je dit ; là, du moins je mourrai
Moins triste et sûr d'une prompte vengeance.
Vous, mes amis, dont souvent la vaillance
Pour me défendre affrontait tout danger,
Ah ! par ce sang qui coule pour la France,
Jurez-moi tous, jurez de nous venger. »

Navrés du sort du jeune capitaine,
Les yeux en pleurs, tous en font le serment.
Un doux espoir semble alléger sa peine ;
Son triste cœur se ranime un moment.
Mais ce ne fut qu'une lueur rapide,
Et de la vie il sent tous les ressorts
Brisés en lui par ses derniers efforts ;
Son œil mourant s'éteint, son front livide
Penche et retombe... Il expire en leurs bras.

Tous, consternés, déploraient son trépas,
Lorsque soudain au milieu de la foule
Qui sur la Place en torrent se déroule,
Sur un coursier blanc d'écume, un vieillard
Fuit emporté : le chef nu, l'œil hagard,
Il frémissait de honte et de colère ;
Tout dégouttants de sang et de poussière,

Ses longs cheveux sur son front sont épars ;
Sa main brandit le tronçon d'une lance,
Et son armure, inutile défense,
Livre passage au fer de toutes parts.
« A moi, Cantain ! dit-il, à moi ! Vengeance ! »
Et vers Renée aussitôt il s'élance,
Mais à ses pieds il tombe inanimé.
Vers le vieillard chacun court alarmé ;
On le relève, on l'aide, on le soulage.
C'était Simon, l'opulent châtelain
De Cantigneul, de Noyelle et Cantain ;
Noble seigneur d'antique et haut lignage,
Puissant baron et pair du Cambrésis ;
Ses grands exploits et son bouillant courage
L'ont fait nommer le rempart du pays.

Quand de ses sens il eut repris l'usage,
« Ah ! que Fuentès et les siens soient maudits !
S'écria-t-il. Ses soldats, vrais bandits,
Saccagent tout de Cantain à Noyelle !
Lui, non content d'avoir pillé mon or,
S'est emparé de mon plus cher trésor :
En son pouvoir j'ai vu tomber Marcelle !
Pour arracher ma fille à sa fureur,

Mon glaive en vain frappait son ravisseur ;
Il m'a jeté sanglant sur la poussière ;
Son bras cruel trois fois m'a renversé ;
De mon château ses soldats m'ont chassé ;
Et j'ai fui seul, triste et malheureux père !...
Mais si j'ai fui, c'est que du moins j'espère
Trouver ici des amis, des vengeurs.
— Vous avez droit de compter sur nos cœurs,
Vous qu'à Cambrai chacun aime et révère !
De vous venger nous serons tous jaloux.
Moi, le premier, je combattrai pour vous, »
Dit d'une voix que la douleur altère
Un jeune chef qui l'embrasse en pleurant.
Contre son cœur le vieillard le serrant :
« Georges, dit-il, digne fils de Renée,
Si tu me rends ma fille infortunée,
De ta valeur tu sais quel est le prix.
— Je l'ai juré : je vous rendrai Marcelle,
A repris George, ou je mourrai pour elle ! »

Depuis longtemps déjà leurs cœurs épris
S'étaient liés d'une foi mutuelle ;
Et leur amour, consacré devant Dieu,
De la Duchesse avait reçu l'aveu.

Aussi, de George approuvant le langage,
Renée encore anime son ardeur,
Du vieux Simon raffermit le courage,
Et par l'espoir console sa douleur.

Or, les bourgeois, de qui l'âme est changée,
A la Duchesse ont juré d'obéir;
Du lourd mousquet, tous, l'épaule chargée,
Sur les remparts s'empressent de courir.
Là, chaque chef, à son poste fidèle,
Appelle à lui ses dociles soldats;
Et dans la ville et dans la citadelle
Tous à l'envi s'apprêtent aux combats.

DEUXIÈME PARTIE

Depuis vingt jours les foudres de la guerre
Sur la cité grondaient avec fureur ;
Et des bourgeois, intrépides naguère,
Les maux du siège ont refroidi l'ardeur.
Mais au beffroi, dont la cloche d'alarmes
Leur fit souvent abandonner les armes,
Pour soutenir leurs toits croulants .... soudain
Tinte et s'égaye un plus heureux tocsin.
Renée au loin, sous des flots de poussière,
De Rhételais voit briller la bannière :
« France et Nevers ! dit-elle ; mes amis,
Voici venir les escadrons promis !
Reprenez donc courage ! et de la ville
A ces guerriers rendons l'accès facile. »

Mais Fuentès veille aussi ; son prompt regard
Voit vers Cambrai voler l'essaim agile,
Et de Nevers reconnaît l'étendard.
Son doigt le montre à Burgos ; dans la plaine,
Sûr du succès, le jeune capitaine
Contre eux s'élance avec ses cavaliers.
Charme infernal ! Quand ceux que leur courage
A sur la place emportés les premiers
Lèvent leur fer pour frapper nos guerriers,
Ils n'ont percé que le poudreux nuage
Qu'ont soulevé d'invisibles coursiers.
Plus d'ennemis ! Et la troupe étonnée
Les cherche en vain ; car la sage Renée
Avait vers eux envoyé Dewaziers
Et Buzelin dont la prudente audace
Les a soustraits au fer qui les menace.
Ils sont entrés dans un de ces chemins,
Antres profonds, immenses souterrains,
Qu'aux temps anciens et dans leurs longues guerres
Pour leur défense avaient creusés nos pères,
Et qui, s'ouvrant au pied des bastions,
Allaient se perdre au loin sous les sillons.

En peu d'instants la vaillante cohorte

A reparu près du fort Cantimpré ;
Burgos le voit : la fureur le transporte ;
Lançant contre eux son escadron serré :
« Chargeons ! » dit-il. Soudain s'ouvre la porte ;
Avec grand bruit, en roulant sur leurs gonds,
Sont retombés les redoutables ponts,
Et les Français sont entrés dans la ville.
Burgos frémit d'une rage inutile ;
Et la fanfare, en ses joyeux accords,
De ses soldats raille les vains efforts.

Parmi la foule où renaît l'espérance,
Béni de tous, Rhételais fier s'avance ;
Georges accourt au-devant de ses pas :
Les deux amis se serrent dans leurs bras.
Puis, s'adressant à l'auguste Renée,
Qui de ses Pairs marchait environnée :
« Vers vous enfin, dit le fils de Nevers,
Je viens, Madame, envoyé par mon père ;
J'amène ici ces braves que la guerre
Près d'Henri Quatre a couverts de lauriers.
L'œil, il est vrai, peut les compter sans peine,
Mais à leur tête il est un capitaine
Qui seul nous vaut des bataillons entiers. »

Il lui montrait Devic, guerrier habile,
Dont la sagesse égalait la vigueur ;
Et qui, dans l'art de défendre une ville,
Fit éclater son génie inventeur.

Déjà Cambrai s'oubliait dans la joie,
Quand le canon, qui gronde et le foudroie,
Rappelle aux murs et bourgeois et soldats ;
Chacun revole à son poste et s'apprête
A résister à l'horrible tempête.
Calme au milieu du trouble et du fracas,
Partout Renée enflamme les courages ;
Elle parcourt et remparts et glacis,
Montre à Devic les importants ouvrages
Dont par ses soins tous les forts sont munis ;
Puis, devançant son escorte fidèle,
Avec leurs chefs marche à la Citadelle.

Là, du sommet du large bastion
Qui, se dressant sur l'antique colline,
Défend au loin la ville et la domine,
Leur œil, plongeant dans l'immense horizon,
De tous les points voit l'horrible canon
Vomir contre eux la mort et la ruine.

Sans s'émouvoir l'intrépide héroïne
Entend mugir sa formidable voix ;
Près d'elle, en vain, sur cent lieux à la fois,
Pleuvent le fer et le plomb et la flamme ;
Et, sous ses yeux, plus d'un brave abattu
Rougit le sol de son sang répandu :
Les grands périls élèvent sa grande âme,
La lutte accroît sa sublime vertu.

Mais tout à coup quel effroyable orage
De traits brûlants, d'obus et de boulets,
Pour Balagni trop sinistre présage !
Avec fureur s'abat sur son palais !
Le feu jaillit à l'instant et se roule
Sur tout le toit, qui s'embrase et s'écroule.
Renée a vu d'où sont partis ces traits ;
C'est de Niergni : sur ses vertes collines,
Et dans ses bois dont les ombrages frais
Font l'ornement des campagnes voisines,
S'élève un fort flanqué de bastions,
Où de Chimai tonnent les cent canons.
Contre ce fort aussitôt la Princesse
Du bronze ardent fait tourner le courroux ;
Son regard sûr dirige tous les coups ;

Pas un boulet ne s'égare, et sans cesse
Le mur frappé tremble, éclate et s'affaisse ;
Le sol gémit sous ses débris épars ;
Et Chimai voit sa large forteresse,
Cernée en vain par quatre boulevards,
Avec fracas crouler de toutes parts.

Tous ont loué Renée et son adresse ;
Un tel succès a doublé leur ardeur.
Aussi dès lors, sûre que leur valeur
Saurait des coups d'une attaque nouvelle
Sans son secours sauver la Citadelle,
Elle en descend, et, parmi les éclats
De vingt obus semant la mort près d'elle,
Sur les remparts va seconder le zèle
Des miliciens mêlés à ses soldats.

Partout au choc des tonnerres qui grondent
Avec vigueur nos obusiers répondent ;
Déjà Renée a vu ses artilleurs
Sur plus d'un fort se reposer vainqueurs.
Mais aux remparts du vieux Château de Selle,
Quel triste objet à ses yeux s'est offert ?
A nos guerriers le Sort est-il rebelle ?
De noirs débris le talus est couvert ;

Tout semble mort sur les tours sans défense,
Et, sur le mur du parapet désert,
Le bronze éteint garde un morne silence.
Seul, sur l'affût d'un canon fracassé
Était assis le vieux Simon blessé.
Vers lui Renée inquiète s'avance;
Mais, comprenant son regard soucieux,
Simon se lève, et, d'un air radieux,
Lui tend la main et d'un mot la rassure :
« Quand les obus s'abattaient sur le fort,
Un lourd éclat qui perça mon armure,
Dit-il, m'avait renversé demi-mort.
Pour me venger, tous font un noble effort,
Et, la Victoire endormant ma blessure,
J'ai vu les forts qui tonnaient contre nous,
Bientôt muets, s'écrouler sous nos coups. »
Il lui montrait Neuville et ses collines.
Renée en vain cherchait de ses regards
Les hautes tours d'où trente coulevrines
De leurs boulets broyaient nos vieux remparts;
Leurs noirs créneaux et leurs longues courtines
Couvrent le sol de leurs vastes ruines.

Renée admire un fait si glorieux;

De ce spectacle elle repaît ses yeux :
De la victoire elle voit là le gage.
« Mais où sont donc les preux dont le courage
A su frapper de si terribles coups?
— Ah! qui peindra l'ardeur qui les enflamme?
Reprend Simon. Non loin d'ici, Madame,
Contemplez-les ! tous fascinés par vous,
Ces hauts bourgeois, de leurs droits si jaloux,
Ne semblent plus respirer que batailles.
Vainqueurs, ils ont au bastion voisin
Vu leurs amis trahis par le destin ;
Le sang à flots découlait des murailles.
Pour leur porter le secours de leurs bras,
Tous ont volé vers eux, chefs et soldats.
J'avais voulu les suivre..... la souffrance
Pour un moment vint enchaîner mes pas.
Mais mon mal cède à la douce influence
Et du plaisir de vaincre et du repos ;
J'ai recouvré ma force et ma vaillance
Et je suis prêt à des combats nouveaux. »

Renée, heureuse, anime encor son zèle,
Le félicite et l'emmène avec elle.
De Cantimpré les tours et les remparts

N'offrent partout à leurs tristes regards
Que corps sanglants, que débris et ravage ;
Mais des bourgeois le courage indompté
Forçait enfin la Fortune volage
A se tourner aussi de leur côté.
De tous les forts qui s'élevaient naguères
Sur les coteaux qui ceignent la cité,
De l'humble Anneux jusqu'au riant Manières,
Depuis Prémi, Noyelle et Cantigneul
Jusqu'à Sainte-Olle et son église, un seul
Restait debout ; mais son front formidable
Qui se dressait devant la Tour de Mars,
De Cantimpré dominant les remparts,
A tous les coups résiste, invulnérable.
Le lourd boulet sur son mur menaçant
Bondit terrible et retombe impuissant.
D'un sûr regard Devic et la Princesse
Ont mesuré la sombre forteresse,
Et leurs guerriers soudain, guidés par eux,
De tous les forts, de toutes les tourelles,
Depuis Prémi jusqu'au Château de Selles,
Contre elle seule ont tourné tous les feux.
Ruy de Via, dont l'audace indomptable
Arme et défend ce fort si redoutable,

Alors encor jurait qu'avant deux jours,
Le feu serré de ses vingt coulevrines,
Sous les débris de nos murs en ruines,
De l'Escaut même entraverait le cours,
Quand, pâle, il voit la bombe et la mitraille,
Tombant soudain sur ses créneaux tremblants
De ses soldats frapper les plus vaillants,
Tandis qu'aux flancs de l'épaisse muraille
De cent boulets l'épouvantable choc
A tout instant broie et creuse le roc;
A chaque coup s'ouvre une brèche immense.
Bientôt le fort, plein de débris fumants,
Est ébranlé jusqu'en ses fondements.
Tout fuit, tout tremble. En vain Via s'élance,
Et sur ses murs qu'ils laissaient sans défense
Veut ramener ses braves aux combats;
Devic, des siens enflammant l'espérance,
De tous leurs feux redouble les éclats;
Et tout d'un coup la redoute terrible,
En s'écroulant ouvre un abîme horrible,
Où s'engloutit un effroyable amas
D'armes, de rocs, de canons, de soldats.

En ce moment de longs cris de détresse

Ont éclaté du Bastion-Robert.
Un chef accourt, qui, de sang tout couvert,
A ce vieux fort appelle la Duchesse,
Pour son fils même implorant son secours.
Renée y vole et Devic avec elle.
Scène d'horreur! partout le sang ruisselle!
Le canon gît fracassé sur les tours.
Le mur est noir de ruines fumantes;
Au parapet jonché d'armes sanglantes,
La brèche s'ouvre, et les soldats épars
Malgré leurs chefs désertent les remparts;
Et l'Espagnol qui les voit sans défense,
Pour un assaut se dispose et s'avance.
Du camp dressé sur les côteaux voisins,
Vers la cité marche d'un pas rapide
Un bataillon de légers fantassins:
C'est des Wallons la colonne intrépide;
Au Fort-Robert Torralva les conduit;
Avec les siens Landriano les suit;
Fuentès lui-même, excitant leur audace,
Sur son coursier les guide vers la place.

Mais aux guerriers rappelés par son fils
Bientôt Renée a rendu l'assurance;

Tous ont repris leur poste avec constance;
Sur leurs affûts six mortiers réunis
Couvrent la brèche, et leur gueule enflammée
Avec le fer, le roc et la fumée,
Souffle la mort; le bataillon, surpris,
S'est arrêté... Son adroit capitaine,
Feignant de fuir, hors des glacis l'entraîne;
Mais ces guerriers n'ont fui loin de ces murs,
Que pour frapper ailleurs des coups plus sûrs.
Bientôt Fuentès au combat les ramène.

De La Neuville où courent ces soldats?
Le dos courbé sous le poids des échelles,
Du sabre seul ils ont armé leur bras;
Dans les fossés, que l'eau ne défend pas,
Du pont de Mâle à la porte de Selles,
Tous à l'envi précipitent leurs pas.
L'obus contre eux lance en vain ses éclats;
La mort se perd au-dessus de leur tête.
Leur troupe enfin, menaçante, s'arrête
Près du rempart où le mur est plus bas,
Et pour l'assaut avec ordre s'apprête.
Parmi les cris des chefs et les signaux,
En un instant vingt échelles se dressent,

Et vont soudain s'attacher aux créneaux.
Pour y monter mille guerriers se pressent ;
Chefs et soldats s'élancent à la fois ;
L'échelle plie en criant sous leur poids.
Du parapet et le fer et les pierres
Pleuvent en vain ; des larges meurtrières
En vain le plomb vole en sifflant sur eux ;
Le long des murs, on voit leur groupe affreux
Ramper, monter comme une hydre aux cent têtes
Qui va dressant ses menaçantes crêtes,
Et, déroulant ses replis tortueux,
Les yeux en feu, s'allonge, se déploie,
Et d'un seul bond se jette sur sa proie.

Sur les créneaux mutilés du rempart,
Déjà la main d'un guerrier téméraire
De l'Espagnol a planté l'étendard ;
C'est Torralva, dont la troupe légère
Sur la muraille avec lui se répand.
Au parapet qu'en vain Georges défend,
Renée accourt : sa haute contenance,
Son front auguste et l'éclair de ses yeux
Ont des Wallons confondu l'assurance,
Et comprimé l'élan audacieux.

D'un saint respect soudain l'âme frappée,
Torralva même hésite au milieu d'eux,
Et devant elle abaisse son épée,
Prêt à céder.... quand un grossier soldat,
Que transportait l'ivresse du combat,
Le sabre au poing, vomissant la menace,
Entre elle et lui se jette avec audace,
Brandit son fer, sur sa tête l'abat,
Et, fracassant son casque et son armure,
Lui fait au front une indigne blessure.
Exploit brutal que suit son châtiment !
Car le soldat voit au même moment
De l'héroïne étinceler le glaive.
Il voudrait fuir ; trois fois son bras se lève
Pour écarter de lui le coup vengeur ;
Tremblant, il sent pénétrer dans son cœur
Le froid mortel du fer qui le déchire,
Maudit trop tard sa sauvage fureur,
Et, se roulant à ses pieds, il expire.

Mais l'Espagnol, montant de toute part,
En foule alors inondait le rempart.
Georges frémit et tremble pour sa mère ;
A ces périls brûlant de la soustraire,

Suivi des siens, terrible, il fond sur eux.
Les plus hardis reculent, et Renée,
Malgré l'ardeur qui l'attache en ces lieux,
Loin du rempart est bientôt entraînée.

Mais des bourgeois la constante valeur
S'accroît encore à ce danger suprême;
Simon les guide, et Rhételais lui-même
De ses guerriers vient stimuler l'honneur.
Des deux côtés que la lutte est cruelle!
A larges flots le sang déjà ruisselle.
Que de héros sur le sol expirants!
Le front brisé d'une balle mortelle,
Torralva tombe au milieu des mourants.
De ses soldats sa mort double la rage;
En vain des siens, par le nombre pressés,
Simon seconde et soutient le courage;
Autour de lui maints chefs sont renversés.
Du parapet tout fumant de carnage
Rhételais voit ses braves repoussés.
Ils reculaient, le désespoir dans l'âme;
Quand le canon de grondements soudains
Fait résonner les bastions voisins.
D'un nouveau feu leur bravoure s'enflamme.

C'est toi, Devic, qui d'un regard certain
As rappelé la Victoire infidèle !
Du Fort-Robert et du Château de Selle,
Armés tous deux par ta puissante main,
Tu fais jaillir par torrents la mitraille,
Qui, se croisant le long de la muraille,
Renverse et broie échelles et soldats.
Du pied des murs un cri d'horreur s'élève !
Mais les éclats du fer, sans nulle trêve,
Sur l'Espagnol vont semer le trépas.
Loin des fossés tout s'enfuit à grands pas.
Ceux qui du mur occupaient la terrasse,
Les voyant fuir, pâlissent éperdus ;
Fiers, ils entraient avec eux dans la place ;
Séparés d'eux, ils se sentent perdus.

En ce moment vers la brèche béante,
De sa blessure oubliant la douleur,
Renée aux murs revenait triomphante.
Sa voix des siens sait contenir l'ardeur ;
Les Espagnols, admirant son grand cœur,
Ont déposé leur fer sans résistance.
Leur jeune chef vers elle alors s'avance :
C'est Stavelo, race des anciens preux ;

Il lui remet son épée, et pour eux
D'une humble voix implore sa clémence.
Il méprisait les dangers et la mort;
Mais pour les siens il fait ce noble effort,
Et sa fierté descend à la prière.
Que n'obtient-on d'un généreux vainqueur?
Le cœur ému, l'héroïque guerrière
Du vaillant chef respecte le malheur.
De sa parole elle accepte le gage;
Et ses soldats, pour prix de leur courage,
Seront traités par elle avec honneur.

Tous de Renée ont proclamé la gloire;
Et sur les murs où se tait le canon,
On n'entend plus que le bruit du clairon
Qui va partout annoncer sa victoire.
Et l'Espagnol, vaincu, loin des remparts
Rassemble enfin ses bataillons épars;
Le son plaintif de la rauque trompette
Porte en tous lieux l'ordre de la retraite;
Tous dans leur camp rentrent en frémissant.
Seul, fier encore et le front menaçant,
Fuentès jurait de venger sa défaite.

Or dans Cambrai, quand les tristes vainqueurs

Eurent pleuré le trépas de leurs frères,
Pour faire trêve à leurs longues misères,
D'un court repos ils goûtaient les douceurs.
La sombre nuit de ses voiles trompeurs
Avait couvert et le camp et la ville.
Tout assurait à la cité tranquille
L'oubli des maux et la fin des combats,
Quand tout à coup un terrible fracas
Les fait bondir sur leurs couches tremblantes ;
Le ciel, rougi par des lueurs sanglantes,
De la nuit même augmente encor l'horreur.
Leur sang glacé s'arrête dans leur cœur ;
Car ce n'est plus la bataille douteuse
Qui les convie à ses succès divers ;
Tout à leurs yeux offre une mort affreuse.
La bombe tonne et sillonne les airs ;
Le boulet rouge, en sifflant, fend l'espace ;
Dans le ciel noir où tous suivent sa trace,
Il fait briller ses sinistres éclairs ;
Puis tombe lourd sur les toits qu'il écrase,
Et de ses feux aussitôt les embrase.

    Aux sons pressés du lugubre tocsin
S'unit bientôt le cri de la trompette ;

Ce sombre appel qu'au loin l'écho répète
De nos guerriers ne s'entend pas en vain.
D'un même élan tous volent dans la rue.
Dieu ! quels tableaux épouvantent leur vue !
Partout le feu jaillit des toits croulants ;
Comme un torrent grossi par les orages,
Roulant au loin ses flots étincelants
De rue en rue il étend ses ravages,
Va prolongeant ses vastes grondements,
Jonchant le sol de noirs débris fumants ;
Et l'incendie, inondant de lumière
Les hauts clochers et les grands monuments,
Semble embrasser déjà la ville entière.
Où fuir ? hélas ! où porter le secours ?
On voit partout de leurs maisons en flammes
Sortir tremblants les enfants et les femmes ;
Et l'on n'entend que le bruit des tambours,
Les craquements d'un haut mur qui s'écroule,
Les tintements des cloches dans les tours,
Se confondant aux clameurs de la foule.

Sur les remparts on court... Spectacle affreux !
On croirait voir, aux coteaux de Neuville,
L'enfer entier rassembler tous ses feux,

Pour les lancer d'un seul coup sur la ville.
A ces lueurs, bientôt des monts voisins
On voit descendre un gros de fantassins,
Qui, poursuivant sa marche lente et sûre,
Vient droit aux murs du Bastion-Robert,
Où pour l'assaut le chemin reste ouvert.
A son pas lourd, à sa pesante armure,
On reconnaît le farouche Allemand :
Du vieux d'Ausi c'est le noir régiment;
Un seul amour l'inspire : le pillage !
Il croit trouver les murs sans défenseurs ;
Aussi voit-on s'animer son courage ;
De loin déjà l'on entend ses clameurs.
C'en est donc fait! Cambrai n'est plus que cendre,
Et rien du sac ne peut plus le défendre !

Tous nos guerriers en frissonnent d'horreur.
Au milieu d'eux, ô comble de misère!
Le fou Normand insulte à leur douleur,
Et rit des maux dont les frappe la guerre.
Au fond des cœurs tout espoir a péri ;
Quand du sommet de la tour Saint-Géri
Jaillit l'éclair, la foudre éclate et lance
Ses traits vengeurs sur Neuville et le fort

Qui vomissait l'incendie et la mort.
Les noirs mortiers, condamnés au silence,
De leurs affûts sont bientôt renversés,
Et sur le sol vont rouler fracassés.

De leur Patron proclamant la puissance,
Tous ont crié : « Miracle ! Enfin le Ciel
S'armait pour eux, et, prenant leur défense,
A l'ennemi portait un coup mortel ! »

Pourtant, des murs où la foule se presse,
Plusieurs encor voyaient avec terreur
Les assaillants se rapprocher sans cesse ;
Soudain vers eux s'avance la Duchesse,
Qui d'un seul mot raffermit leur valeur :
« Ne craignez point cette horde cruelle !
Un heureux sort nous les livre, dit-elle ;
Et sous leurs pieds l'abîme va s'ouvrir. »

Sur le glacis qu'il s'apprête à franchir,
Dans l'ombre on voit le bataillon s'étendre ;
Près des fossés il allait se répandre ;
Le sol, miné, tout à coup sous ses pas
Tremble, mugit, s'entr'ouvre avec fracas.
Dans un torrent de flamme et de fumée

Volent dans l'air de livides éclats ;
Partout la mort, sous la terre enfermée,
S'échappe et va frapper ces lourds soldats ;
L'ardent volcan partout saisit sa proie ;
Il les déchire, ou les brûle, ou les broie.
Et loin des murs on voit fuir, effarés,
Les malheureux qu'il n'a point dévorés.
« Gloire à Devic ! dit Renée avec joie.
Gloire au héros qui nous a délivrés ! »
De ses guerriers stimulant la vaillance :
« Courez, dit-elle, et loin de nos remparts,
Chassez, frappez sans merci les fuyards. »
Puis, des bourgeois invoquant l'assistance,
Ensemble ils vont, pleins d'une même ardeur,
De l'incendie étouffer la fureur.
Rhételais, George et sa troupe docile
Sur leurs coursiers volent loin de la ville.
Aux Allemands terrible est leur courroux ;
Ils ont beau fuir : nul n'échappe à leurs coups.

Quand l'escadron, las enfin du carnage,
Victorieux rentra dans la cité,
Le feu partout était déjà dompté.
On ne voit plus que l'humide nuage

Qui monte encor des toits noirs et fumants,
Et l'on n'entend que les sourds grondements
Dont retentit la tour sacrée et sombre
Qui lance encor ses vifs éclairs dans l'ombre.

Or c'est Devic qui de la haute tour
Avait armé la large plate-forme ;
De dix canons la batterie énorme
Domine au loin les coteaux d'alentour ;
De là, semblable au maître du tonnerre,
Il poursuivait ses ennemis tremblants ;
Et, méprisant leurs traits et leur colère,
Les écrasait de ses carreaux brûlants.

TROISIÈME PARTIE

Dix jours entiers sur le camp des vaincus
On vit planer un lugubre silence;
Fuentès lui-même a perdu l'espérance
D'entrer jamais dans nos murs abattus.
Sombre, il fixait son regard sur la plaine
Où fume encor le sang de ses soldats,
Quand vers sa tente, un noble capitaine,
Don Messias, a dirigé ses pas.
Grave aux conseils, hardi dans les combats,
Il sait unir au feu de la jeunesse
La fermeté d'une sage vieillesse.
« Loin de ces murs, dit-il, Comte, fuyons !

N'écoutons point un imprudent courage !
Fuyons ces murs ! Fidèle à mon message,
Des gouverneurs de Bruxelle et de Mons,
J'ai réclamé les secours les plus prompts.
Mais Mondragon, dont on sait la vaillance,
Avant six jours, malgré sa diligence,
Ne peut conduire ici ses bataillons ;
Et dans trois jours, devant ces bastions,
Viendra combattre Henri Quatre lui-même ! »

Fuentès alors, relevant son front blême,
Sur la cité jette un dernier regard :
« Loin de Cambrai, loin du fatal rempart
Qui voit, dit-il, ma première défaite,
De Charles-Quint emportons l'étendard ! »
Et dans le camp l'éclatante trompette
Fait retentir le signal du départ.

Dès que Fuentès, loin de la Citadelle,
Et sous l'abri des côteaux de Niergni,
Vit par ses soins tout son camp réuni,
Seul et rêveur, il se rend à Noyelle.
C'est en ce lieu que la jeune Marcelle,
Captive, hélas ! gémit dans son manoir.

Il l'avait vue, en cette nuit cruelle
Où le castel tomba sous son pouvoir,
A ses genoux, éperdue et tremblante
Et le regard dans les larmes noyé,
Pour son vieux père implorant sa pitié ;
Et sa beauté, sa voix tendre et touchante,
Ses larmes même avaient séduit son cœur.
Vaincu soudain, au milieu des alarmes
Et des périls d'un combat plein d'horreur,
Il ne vit plus que ses pleurs et ses charmes.
Mais vainement, pour calmer sa douleur,
Comme sa Dame il traita sa captive ;
Dans sa prison toujours triste et plaintive,
De ses tourments elle maudit l'auteur,
Lui qu'elle a vu poursuivant son vieux père
Et le frappant de son glaive fumant,
Lui qui peut-être assouvit sa colère
En s'enivrant du sang de son amant !

Quand arriva le sombre capitaine
Dans le manoir qu'il avait dévasté,
Il vit frémir la pâle châtelaine ;
Mais d'un ton plein d'une douce fierté :
« O vous, dit-il, à qui n'ose ma bouche

Donner le nom que vous donne mon cœur,
Ah! dissipez cette injuste terreur!
Je ne suis point un ennemi farouche
Qui, sans pitié, vient braver vos douleurs;
Oh! non! Fuentès vient pour tarir vos pleurs.
Il espérait qu'une prompte victoire
Aurait encor couronné ses desseins,
Et que bientôt, vous parant de sa gloire,
Il aurait mieux fléchi vos froids dédains.
Le Ciel, hélas! me ravit ma conquête.
De mes lauriers Balagni ceint sa tête;
Oui, Balagni triomphe!... et moi, je fui!
Mais, tout vaincu que je suis aujourd'hui,
L'Espagne encor, que soutient ma vaillance,
Porte trop haut ma gloire et ma puissance
Pour que mon nom soit indigne de vous.
Belle Marcelle, auprès de votre époux,
Venez briller à la Cour de Bruxelle,
Et partager son repos glorieux. »

Marcelle alors levant ses tristes yeux.
« Prince espagnol, de vains honneurs, dit-elle,
N'ont plus d'attraits pour un cœur malheureux!
Vous le savez, le chagrin me dévore.

Pour toute grâce à vos pieds je n'implore
Que la faveur d'un asile pieux,
Où, libre et loin des gardes odieux
Dont la pitié n'est jamais attendrie,
J'aille pleurer les maux de ma patrie,
Et mon vieux père expiré dans ces lieux.
— Eh quoi ! répond Fuentès, de votre père,
Seule, à Cambrai, vous pleurez le trépas !
Il n'est point mort ; plus ardent que naguère,
Le vieux Simon vole encore aux combats.
— Mon père ! Il vit !... Ne me trompez-vous pas ?
Il vit encore ? — Oui, Marcelle ; et j'espère
Que par mes soins, fier de votre bonheur,
Il oubliera quelques jours de douleur ;
Le Roi sur lui versera ses largesses ;
Je veux que tous célèbrent sa valeur ;
Qu'il soit comblé d'honneurs et de richesses,
Et qu'à leur tour, jaloux de sa grandeur,
Ses suzerains implorent sa faveur.
— Il vit encore !... Écoutez ma prière,
Prince, et rendez une fille à son père.
— Oui, suivez-moi, Marcelle, et que demain
L'heureux vieillard bénisse notre hymen.
— Cessez de feindre une pitié cruelle ;

Et, s'il est vrai que Simon soit vivant,
Oh ! dans ses bras ramenez son enfant.
Soyez plus grand ! De la triste Marcelle,
Vous, noble et bon, n'exigez point la foi ;
Aux vœux d'un père, ah ! laissez-la fidèle ;
Je vous l'ai dit : mon cœur n'est plus à moi. »

A cet aveu, Fuentès, troublé, frissonne ;
Son sang déjà de colère bouillonne ;
Mais, s'efforçant de vaincre sa douleur :
« Oui, dès ce jour, dit-il avec douceur,
Vous êtes libre, et, maître en ses domaines,
Le vieux Simon, consolé de ses peines,
Viendra bientôt vous serrer dans ses bras.
Mais vous du moins, vous que j'aime, ô Marcelle,
De votre cœur ne me repoussez pas ;
A la raison ne soyez point rebelle !
Avec Simon suivez-moi dans Bruxelle ;
Et là, parmi les splendeurs d'une Cour
Par vous charmée, heureuse de vous plaire,
Vous oublierez un caprice éphémère
Qu'aura bientôt dissipé mon amour.
— Moi, l'oublier ! lui faire cette injure !...
Briser un cœur qui croit à mes serments !...

Plutôt souffrir les plus affreux tourments !...
Plutôt la mort qu'un si honteux parjure ! »

Ces mots cruels dans le cœur du guerrier
Ont pénétré comme un mortel acier.
Ils l'ont frappé d'un désespoir immense.
Sombre et terrible, il garde un long silence ;
Mille pensers s'agitent dans son sein.
Tantôt, outré d'un dédain qui l'offense,
Il est pressé d'un désir de vengeance ;
Tantôt, le front appuyé sur sa main,
Avec amour il contemple Marcelle,
Qui, tout en pleurs, veut se soustraire en vain
Aux traits de feu de sa fauve prunelle.
Mais son dépit jaloux l'emporte enfin ;
De sa douleur la violence éclate.
« Eh quoi ! dit-il, vous me bravez, ingrate !
Vous m'opposez un odieux rival !
Mais votre amour lui deviendra fatal :
Car, quel qu'il soit, ma haine ira l'atteindre.
Malheur à lui ! Nulle main de mes coups
Ne le pourra sauver, cruelle ; et vous,
A m'obéir je saurai vous contraindre.
— Je sais quel chef me tient sous son pouvoir,

Répond Marcelle. En ce triste manoir,
Seule, pour moi je n'ai que ma faiblesse,
Et vous avez tous les droits d'un tyran.
Mais non ; jamais d'un prince castillan
Je ne craindrai cette double bassesse. »

Fuentès pâlit, et, détournant les yeux,
Maudit tout bas son amour malheureux.
Il quitte enfin sa victime innocente ;
Ses pleurs naïfs, sa fierté, sa douceur,
Ont désarmé sa jalouse fureur.
Il jure en vain d'une voix menaçante
Qu'il vengera sa honte et sa douleur ;
Sur sa poitrine il serre son épée,
Que dans le sang il n'a jamais trempée
Qu'en combattant, soldat, au champ d'honneur,
Et sa vengeance expire dans son cœur.

Triste et pensif, il rentrait dans sa tente,
Lorsqu'à ses yeux un homme se présente,
Qui, d'un ton bref, l'apostrophe soudain :
« On dit, Seigneur, que vous levez le siège?
—Eh! que t'importe?—Où campez-vous demain?
— Loin de Cambrai, si le Ciel nous protège.
— Mais dès demain, voulez-vous, en vainqueur

Y voir flotter vos enseignes chéries?

— Je ne suis pas, bon bourgeois, en humeur

D'entendre ici de sottes railleries.

— Ni moi d'en dire. En vos mains, Monseigneur,

Je viens livrer les clefs de notre ville;

Les voulez-vous ou non? — Qui donc es-tu?

— Gilles Normand, que l'on a revêtu

Du nom de Fou. — C'est toi, ce fameux Gille!

On m'a parlé de ton génie habile.

Mais d'où te vient cette grande vertu

Qui te soumet ainsi les places fortes?

— N'en riez point: mon bras est plus puissant

Que vos canons et toutes vos cohortes;

Car de Cambrai je vous ouvre les portes

Sans verser même une goutte de sang.

— C'est merveilleux! j'admire ta puissance!

Mais qui t'amène en mon camp?—La vengeance.

— De qui veux-tu, pauvre fou, te venger?

— De Balagni. — Balagni? c'est ton maître

Et ton ami. Normand, tu n'es qu'un traître,

Un espion. — Cessez de m'outrager,

Comte, et daignez m'ouïr sans défiance

Brillant naguère au sein de l'opulence,

Dans la cité j'étais comblé d'honneurs;

A mon foyer je voyais, heureux père,
Croître gaîment, par les soins de leur mère,
Deux beaux enfants qu'idolâtraient nos cœurs.
A tous mes vœux le Ciel semblait sourire,
Quand Balagni, que l'Enfer seul inspire,
Changea soudain tout mon bonheur en deuil.
Dans son palais l'hypocrite m'attire ;
Il me séduit par son splendide accueil ;
Il m'éblouit, il flatte mon orgueil.
Puis à ma table, en prince débonnaire,
Comme un ami souvent il vient s'asseoir.
Infortuné ! Quand, le croyant sincère,
Mon âme à lui se livrait sans mystère,
Il méditait le forfait le plus noir !...

Un jour éclate enfin sa perfidie !
D'entre mes bras ma fille m'est ravie !
En vain, hélas ! mon muet désespoir
Chercha longtemps le scélérat impie
Qui m'arrachait et mon âme et ma vie ;
Et Balagni, qui causait mon malheur,
Pour égarer ma pensée incertaine,
Venait me plaindre et partager ma peine.
Après dix jours d'angoisse et de douleur,

Soudain, un soir que grondait la tempête,
Devant ma porte une chaise s'arrête.
Sans faire un signe et sans dire un seul mot,
Deux inconnus, disparus aussitôt,
Dans ma demeure ont déposé ma fille.
Mais, crime infâme ! à sa triste famille
On la rendait mourante !... Pauvre enfant !
Elle, autrefois toujours rose et riante,
Je la voyais livide et défaillante,
Le cœur rongé d'un souci dévorant ;
Son œil, troublé par la fièvre brûlante,
Malgré nos pleurs, ne nous reconnut plus.
Parmi des cris et des sanglots confus,
Dans les transports du plus sombre délire,
De sa voix faible on l'entendait redire
Un nom maudit qui nous glaçait d'horreur :
C'était le nom de Balagni lui-même !
En le disant, son front devenait blême,
Et tout son corps frissonnait de terreur.
Dès lors j'ai tout compris..... Le misérable !
Il n'avait donc daigné franchir mon seuil
Que pour atteindre à ce but exécrable !
Elle expira !... Succombant à son deuil,
Sa mère, hélas !. . . ô douleur éternelle !

Dans le tombeau descendit avec elle.
Mais j'ai juré, sur ce double cercueil,
Que de ma main je punirai le traître.
Et ce n'est point en assassin obscur
Que je voulais percer ce cœur impur ;
Son châtiment, c'est public qu'il doit être.
Je veux l'abattre au nom des droits sacrés
Qu'ont profanés ses forfaits abhorrés.
Aux yeux de tous, sur sa face brutale,
Je veux broyer sa couronne ducale ;
Et, renversé de son trône usurpé,
Qu'il sache enfin quelle main l'a frappé !
Voilà pourquoi deux ans j'ai tu son crime.
Cachant ma haine à son regard trompé,
J'ai caressé, j'ai flatté ma victime.
Ma longue ruse a nourri son erreur ;
Oui, j'en rougis ! J'ai feint que le malheur,
De ma raison éteignant la lumière,
Troublait mes sens, et dans la ville entière
On m'a nommé le Fou !... Dans son palais
J'usai dès lors d'un plus facile accès ;
Je pris le droit devant lui de tout dire.
Sans méfiance, au milieu de sa Cour,
Il m'écoutait ; et ma voix, tour à tour,

Lui prodiguait l'éloge ou la satire.
On pardonnait au fou qui faisait rire.
Mon zèle feint, attisant sa fureur,
Lui conseillait sans cesse un nouveau crime ;
Je l'ai conduit ainsi près de l'abîme.
Pendant deux ans de honte et de douleur,
Dans tout Cambrai, sur sa coupable tête,
Ma haine adroite amassa la tempête.

Mais, quand je vis vos bataillons vainqueurs
Du Câtelet occuper les hauteurs
Et de Doullens forcer la citadelle,
Comte, aussitôt vers vous j'ai député
Des amis sûrs dont le récit fidèle
Vous révéla les vœux de la Cité.
C'étaient Danneux, Villers et Quelleries,
Puissants bourgeois et chefs des Compagnies ;
Par mes conseils stimulés en secret,
Jean de Hennin et François Buisseret,
Tous deux chassés de Cambrai par le Prince,
Ont contre lui soulevé la province.
De Mons bientôt notre Évêque exilé,
Dans votre camp par moi fut appelé ;
Tous, accourant à sa voix bien-aimée,

A vos drapeaux ont joint leurs étendards ;
Et ce renfort qui doubla votre armée,
Vous a permis d'investir ces remparts.
— Mais vos bourgeois, dévoués à la France,
Ont, dit Fuentès, trompé votre espérance.
Loin d'accueillir le secours de mon bras,
Je les ai vus, ardents à la défense,
Me repousser dans de cruels combats.
— Oui, je l'avoue ; et de mon artifice
J'ai craint longtemps d'avoir perdu le fruit,
Répond Normand. Ce n'est point un caprice
Qui, sans raison, poussait leur cœur séduit.
Renée a su, dans la foule alarmée,
Souffler le feu de sa mâle vertu.
C'est à sa voix que leur main s'est armée ;
Pour elle seule ils vous ont combattu.
— Renée est grande ! Et sa gloire immortelle
Des vieux héros égale les exploits !
Mais vos amis, dociles à sa voix,
Aux murs encor voleraient avec elle
Pour me combattre et soutenir ses droits.
— Non, Comte, non ! C'en est fait ! Le parjure
Enfin du crime a comblé la mesure.
Depuis dix jours, Balagni, plus cruel,

D'impôts nouveaux accable leur misère,
Et rend la paix plus dure que la guerre.
Aussi, sur lui versant à flots leur fiel,
Avec audace ils bravent sa colère.
Renée en vain de ce peuple irrité
Voudrait vers soi ramener l'inconstance ;
L'orgueil du Prince et sa rapacité
De la Duchesse ont brisé la puissance.
— Mais du succès quel garant m'offrez-vous ?
— Vingt hauts bourgeois commandant la milice,
Contre le Duc conjurés avec nous.
Ne craignez point qu'aucun d'eux nous trahisse :
Sur cet écrit voici leurs noms tracés,
Et sous leur seing le serment qui les lie.
Lisez, Seigneur : car vous les connaissez ;
Dans votre camp leur renom se publie ;
Ce sont : Le Sart, Deheulle, Frémicourt,
Jean de Villers, Fagnolet, de Lignière,
Boidin, Pipart, Bonchamt, Bernimicourt,
Et tous ces chefs que suit la ville entière.
Déjà leurs vœux ont éclaté trop haut ;
Et Balagni redoutant leur audace,
Du châtiment sa fureur les menace.
Déjà Pipart gémit dans un cachot.

Léoffre hier, leur vaillant capitaine,
Que Balagni poursuivait de sa haine,
Tombait frappé sous le fer du bourreau,
Si, bravant tout, sa noble hardiesse
N'avait ému le cœur de la Princesse.
Mais il sait bien que le Duc de nouveau
Le cherchera bientôt pour le supplice.
Enfin, chacun sait qu'il faut qu'il périsse
Si Balagni n'est renversé demain.
— Oui, du succès vous me semblez certain,
Reprend Fuentès; mais quel sera le gage
De votre foi? — Mon fils : c'est mon otage.
Je le remets aux soins de votre honneur.
En est-ce assez? — Par saint Jacques, Messire,
Vous n'êtes point un fou ! — Moi, fou ! malheur
A qui demain osera le redire !
Moi, fou ! non, non ! Mais c'est vous seul, Seigneur,
Que de ce nom Gilles Normand décore
S'il ne vous voit demain, avant l'aurore,
Sur la cité planter vos étendards.
— Ils flotteront demain sur vos remparts.
— Mais gardez-vous d'oublier ma vengeance !
Que Balagni soit mis en ma puissance :
C'est mon seul but ! — Il vous sera livré

Mais vers quel fort voulez-vous que j'avance?
— Avant le jour, près des forts Cantimpré,
Dans le silence, amenez vos cohortes;
Là, mes amis vont vous ouvrir les portes,
Et vous entrez triomphants! — J'y serai.
— A demain donc, Souverain de Cambrai. »

C'était ainsi qu'en la cité fidèle,
Loin de verser le doux oubli des maux,
Aux Cambrésiens la victoire cruelle
Ne présageait que des malheurs nouveaux.
Aussi partout fermente la colère;
De Balagni les cupides fureurs
A la vengeance ont poussé tous les cœurs.
Les grands, les chefs, des voiles du mystère
Tâchaient du moins de couvrir leurs desseins;
Mais l'artisan, le pauvre prolétaire,
Dont ce long siège a doublé la misère,
Vont affronter des périls trop certains,
Pour attaquer sur son trône exécrable
Le dur tyran dont le joug les accable.
On voit partout des groupes menaçants;
Leur front est morne et leur regard farouche;
Le désespoir les emporte, et leur bouche

Laisse échapper de terribles accents.

Au milieu d'eux levant sa tête altière,
Le vieux Tribou, d'une voix haute et fière,
Contre le Duc anime leur courroux :
« Pour nous venger, amis, qu'attendons-nous?
Dit-il. C'est trop de honte et de souffrance !
Pour châtier son avare insolence,
N'oserons-nous enfin armer nos bras?
Est-il besoin de comploter dans l'ombre?
N'avons-nous pas le courage et le nombre?
Que craignons-nous? On le hait; ses soldats,
Trompés par lui, ne le défendront pas.
Le riche peut de ce sombre vampire,
Sans nuls soucis, engraisser le trésor,
Et lui jeter en pâture son or,
Pour acheter le repos qu'il désire.
Mais nous, après tant d'horribles malheurs,
Nous qui n'avons, dans ces jours de détresse,
Pour bien unique et pour toute richesse,
Que le seul fruit de nos rudes labeurs,
Que pouvons-nous lui donner? Le barbare
A l'avarice unit la cruauté,
Et contre nous le glaive est apprêté.

Conjurons donc les maux qu'il nous prépare !
Que le tyran soit par nous abattu !
Chacun de nous, pour notre délivrance,
Ne saurait-il retrouver sa vertu ?
Loin de nos murs, grâce à votre vaillance,
L'Espagnol fuit, fier encor, mais battu ;
Soit : conservons le drapeau de la France ;
Mais que, chassé de Cambrai, Balagni
De ses forfaits, dès ce jour, soit puni. »

Soudain, parmi cette foule irritée
Et prête à tout pour finir tant de maux,
Tonne une voix sinistre et détestée,
Dont les éclats font retentir ces mots :
« Sus au manant ! Gardes, qu'on le saisisse,
Et que sur l'heure on dresse son supplice ! »
A ces accents, tous ont pâli d'effroi ;
Car c'est le Duc, qui d'un ton formidable
A fulminé cet ordre impitoyable.
Tout brillant d'or, sur son blanc palefroi,
Il s'avançait le front haut, l'œil sévère,
Et, de sa garde escorté comme un roi,
Versait sur tous les flots de sa colère.

Bientôt Tribou, saisi par les soldats,
Est entraîné jusqu'au Flot de Cayère ;
On le dépouille, on enchaîne ses bras.
Tous ses amis, que la frayeur atterre,
Suivent de loin et le plaignent tout bas.
Le malheureux résiste, lutte et crie ;
Mais, vains efforts ! déjà le fouet sanglant
Siffle dans l'air et déchire son flanc,
Quand sur la Place accourt avec furie
Onufre Altac, Hercule aux bras de fer,
Dont l'air terrible et la voix insultante
Et l'œil en feu, brillant comme l'éclair,
Font frissonner Balagni d'épouvante.
« Eh quoi ! dit-il, le glaive du bourreau
Fera tomber la tête des plus braves !
Et vous, courbant le front sous le couteau,
Vous tremblerez comme un troupeau d'esclaves !
Non, mes amis ; montrez un cœur plus fort !
Tribou se meurt sur ce gibet infâme ;
Suivez-moi tous, et qu'un commun effort
Lui porte à temps le secours qu'il réclame. »

Il dit, ces mots loin d'eux chassent la peur,
De leur courage ils rallument l'ardeur ;

Vers l'échafaud, suivi d'eux, il s'élance.
Le Duc en vain gronde avec violence,
Bientôt il voit ses gardes repoussés,
Malgré ses cris les bourreaux terrassés,
Altac vainqueur abattant la potence,
Et délivrant Tribou sans résistance.
Mais que peut-il contre un peuple en fureur?
Autour de lui, tous les cœurs le maudissent;
Ses soldats même à regret obéissent;
Et comment voir, sans trembler de terreur,
Se déchaîner l'émeute, hydre indomptable,
Qui le poursuit de sa rage implacable,
Quand l'Espagnol et son chef redouté
Sont encor là, menaçant la cité?
Aussi, pressé d'une angoisse mortelle,
De la retraite il donne le signal,
Part le premier, et, lançant son cheval,
Vole au galop jusqu'à la citadelle.

« Le lâche! il fuit! crie Altac en courroux.
Mais c'est en vain ! Du sang de notre frère
Ce monstre a teint l'échafaud devant nous.
Au châtiment rien ne peut le soustraire;
Allons traquer le tigre en son repaire,

Qu'il tombe enfin aujourd'hui sous nos coups. »
Et tous, suivant la voix qui les entraîne,
Tels qu'une meute échappée à la chaîne,
S'en vont hurlant, poussant des cris de mort.
Soudain Normand accourt et les arrête.
« Où vous égare un funeste transport?
Dit-il. Amis, notre vengeance est prête,
Mais vos fureurs vont nous perdre à jamais.
Le Duc se rit de vous dans son palais.
Retirez-vous! Je jure sur ma tête
Qu'il expiera dès demain ses forfaits. »

Tant d'énergie enflammait son visage,
Son œil brillait d'un éclat si sauvage,
Que nul n'osa porter plus loin ses pas.
Tous sont bientôt dispersés dans la ville;
Devant lui, seul, Altac reste immobile;
Normand l'appelle, et, lui parlant tout bas :
« Ton cœur, dit-il, brûle d'un noble zèle;
Mais un tel coup demande un bras certain;
Seuls et sans chefs vous complotez en vain.
A minuit donc, viens dans la Citadelle.
Tous ceux des tiens qui t'ont prouvé leur foi,
Réunis-les, mène-les avec toi.

Je te rendrai tous les accès faciles ;
Et mes amis, à mes ordres dociles,
Sans nul péril, par de secrets chemins,
Vous conduiront dans les grands souterrains.
Là, tu verras quel bras tient la vengeance,
Et quel secours j'attends de ta vaillance. »
Altac, vaincu, sent qu'il doit obéir ;
A cet appel il promet de venir.

Lorsque la nuit eut voilé dans son ombre
La Citadelle et la ville et ses tours,
Vingt artisans, au regard dur et sombre,
Ont pénétré dans les vastes détours
Du souterrain, labyrinthe aux cent routes,
Où l'œil encor contemple avec terreur
Des longs caveaux la noire profondeur,
Le large cintre et les robustes voûtes.
« Braves amis ! voilà votre vengeur ! »
Cria Normand, souriant de bonheur.
Sa voix sonore, en ces antres funèbres,
Se prolongeant de caveaux en caveaux,
Réveille au loin les épaisses ténèbres ;
Et, gémissant comme au seuil des tombeaux,
Les vieux hiboux, de leur aile effrayée,

Viennent frapper les vacillants flambeaux ;
Tous ont frémi jusqu'au fond de leurs os.
Mais lui, la main sur son cœur appuyée :
« Venez, dit-il, venez, dignes amis !
Car ce n'est plus le pauvre homme en démence
Qui vient s'offrir à vos regards surpris :
C'est l'homme armé pour sauver son pays.
Oui, par mes soins, le jour de la vengeance,
Ce jour heureux, pour nous va luire enfin,
Et Balagni ne sera plus demain !
Demain Fuentès, loin de nous être hostile,
Entre en ami dans les murs de la ville ;
Il vient calmer tous les cœurs irrités,
En nous rendant nos droits, nos libertés.
Ce matin même il m'admit dans sa tente ;
Et je conclus avec lui cet accord.
Mais ce traité qui change notre sort,
Des Échevins l'entremise prudente
L'obtint signé de cette main puissante.
Avant le jour, au pied des bastions
De Cantimpré, dont l'abord est facile,
Il conduira, sans bruit, ses bataillons ;
En même temps la milice civile
Occupera la porte de la ville,

Prête à l'ouvrir au signal convenu.
Vous donc, amis, dont le cœur m'est connu,
Avec Altac venez garder la porte,
Et, s'il le faut, prêtez-nous-y main-forte.
Ainsi par nous que d'un joug abhorré
Le Cambrésis demain soit délivré !
Que l'oppresseur de nos tristes familles,
L'impur tyran qui nous ravit nos filles,
Qui profana nos autels en débris,
De ses forfaits reçoive enfin le prix;
Et que demain chacun de vous s'écrie :
Au pauvre fou que Cambrai rende honneur !
Il a vengé le Ciel et la Patrie ! »

Frappés d'abord d'une morne stupeur,
Ils gardaient tous un farouche silence;
Bientôt des cris de mort et de vengeance
De ce silence ont rompu la terreur.
Et Normand, fier, animant leur ardeur :
« Jurez-moi donc que, dès l'aube naissante
Je vous verrai tous près des bastions
De Cantimpré. » — D'une voix menaçante,
Tous ensemble ont crié : « Nous le jurons! »

La troupe alors redoutable et docile
Rentre à pas lents dans la cité tranquille
Que berce enfin le calme du sommeil.
Dieu ! qu'il sera terrible le réveil !

QUATRIÈME PARTIE

Qui, dans Cambrai, n'a souvent admiré,
Non loin du fort des Portes-Cantimpré,
La vieille tour, au front large et terrible,
Sous qui l'Escaut creuse son lit paisible,
Et dont encor le caveau vénéré
Offre à nos yeux, sous sa voûte gothique,
Les noirs débris d'une chapelle antique?
Sur cette tour veillaient George et Simon;
Le désespoir semble oppresser leur âme.
Non point pourtant que de la trahison
Dont si près d'eux on ourdissait la trame
Dans leur esprit pût naître le soupçon;

Non : ils croyaient du fléau de la guerre
Le Cambrésis délivré sans retour ;
Mais alors même une pensée amère
Navrait le cœur de l'amant et du père :
Que deviendra l'objet de leur amour ?

Le vieux beffroi, comme un géant qui pleure,
Soudain mugit d'un ton plaintif et lent :
C'est le cornet du guetteur vigilant
Qui de la nuit sonne la douzième heure.
Longtemps l'écho de vallons en vallons,
Répète au loin ces lamentables sons ;
Puis la cité rentre dans le silence.

Simon alors, appuyé sur sa lance
Et l'œil tourné vers un lointain coteau :
« Hélas ! dit-il, ô fille infortunée !
L'instant s'approche où, loin de mon château,
Malgré tes pleurs, tu vas être entraînée !...
Seule au manoir plus triste qu'un tombeau,
Elle y gémit encor, pauvre Marcelle !
Mais, ô mon Dieu ! demain où sera-t-elle ? »
Disant ces mots, le malheureux vieillard

Sur sa poitrine a courbé son visage;
Georges sur lui lance un ferme regard :
« Seigneur, dit-il, armons-nous de courage !
Tentons un coup hardi ! Jusqu'à demain
Le ravisseur odieux de Marcelle
La tient captive au château de Noyelle;
Et nous savons, par un avis certain,
Que de Fuentès l'aveugle confiance
Vient de laisser le castel sans défense;
Des soins pressants l'enchaînent à Niergni,
Où, de ce jour, son camp est réuni.
Vous le voyez, la campagne est déserte,
Et de la ville à Noyelle aucun bruit
Ne vient troubler le silence et la nuit.
Tout nous seconde, et la voie est ouverte.
Partons ensemble, et des sentiers obscurs
Nous mèneront bientôt près de Marcelle.
Heureux enfin, avant l'aube, avec elle
Nous rentrerons sans péril dans ces murs.
A d'autres chefs donnons donc notre place;
Et la fortune aidera notre audace. »
Il dit. Simon, ranimant son grand cœur,
Lui prend ses mains qu'il baigne de ses larmes :
« Mon fils, dit-il, ta généreuse ardeur

Me rend l'espoir et calme mes alarmes.
Marchons ! mon bras soutiendra ta valeur. »

Tous deux, couverts d'une armure légère,
Quittent la tour, qu'ils livrent à Lignière,
Et de la porte ils traversent les ponts ;
Des derniers forts et de leurs bastions
Sans nul obstacle ils passent la barrière,
Et loin des murs, marchant d'un pas certain,
Du vieux manoir ils suivent le chemin.
Rien ne s'oppose à leur course intrépide ;
Bientôt, portés par l'espoir qui les guide,
Ils ont, au bas d'un sinueux vallon,
Sur son vieux pont franchi l'Escaut rapide,
Et le castel, à travers l'ombre humide,
Dresse à leurs yeux ses tours et son donjon.
Le pont-levis baissé, la porte ouverte,
Les chiens muets, la vaste cour déserte,
Font d'abord craindre à leur cœur étonné
Que le château ne soit abandonné ;
Et, consternés de ce morne silence,
Vers le perron l'un et l'autre s'avance.
Georges soudain jette un cri de bonheur ;
Il vient de voir dans la sombre tourelle,

Qu'éclaire à peine une pâle lueur,
Une ombre blanche, et dont le front rêveur
Tombe accablé d'une angoisse mortelle,
Comme le front d'un ange de douleur,
Qui pour pleurer se voile de son aile.
« Seigneur, dit-il, c'est elle ! c'est Marcelle ! »
Et dans ses bras ils s'élancent tous deux.
O doux transports ! ô moments trop heureux !
Mais, comprimant l'élan de leur tendresse :
« Hâtons-nous, dit le vieillard ; le temps presse !
Il reste encore en ces murs des soldats ;
Tous ne sont point endormis dans l'ivresse.
Gardons-nous bien qu'ils entendent nos pas ;
Le moindre bruit nous livre à leur poursuite.
Soyons prudents ! Par de secrets chemins,
Loin des enclos, dans le fond des ravins,
A leur fureur dérobons notre fuite. »
Et tous les trois, suivant un long détour,
Ont vers Cambrai dirigé leur retour.
Triste voyage, où l'horreur des ténèbres
Double pour eux les dangers et la peur !
De noirs pensers, des images funèbres
A chaque pas les glacent de terreur.
D'étranges bruits affligent leur oreille :

Ce sont les loups hurlant au fond des bois,
Ou les hiboux que leur passage éveille,
Troublant les airs de leur lugubre voix ;
Ou le galop des chevaux, sur la route,
Lancés contre eux, les poursuivant sans doute.
Marcelle tremble et se sent défaillir ;
Elle est en proie aux plus sombres alarmes ;
Son cœur faiblit, son œil s'emplit de larmes
Qu'elle s'efforce en vain de retenir.
Mais les guerriers relèvent son courage ;
Tous deux, l'aidant de l'appui de leur bras,
De ses terreurs dissipent le nuage,
Et, ramenant l'espoir qui la soulage,
Vers la cité lui font hâter ses pas.
Par les sentiers étroits longtemps encore,
Silencieux, ils marchent, et l'aurore
Déjà blanchit l'horizon vaporeux.

Enfin non loin des portes de la ville
Ils arrivaient, et d'un pied plus agile
Près des glacis ils s'avançaient joyeux,
Quand tout à coup à leurs yeux étincelle
Un glaive nu ! Fuyez, pauvre Marcelle !
Fuyez, fuyez, père, amant malheureux !

Il est trop tard ! O surprise cruelle !
La lance au poing, menaçants, dix soldats,
Tombant sur eux, ont arrêté leurs pas.

Tous trois à peine avaient quitté Noyelle,
Que du château les gardes furieux
Sur leurs coursiers s'élançaient après eux.
Ce fut en vain ; mais, franchissant la plaine
Où le faubourg au village est uni,
Ils ont volé jusqu'au camp de Niergni.
Un faux récit aux yeux du Capitaine
Change en exploit leur molle inaction ;
Il feint d'y croire, et de la châtelaine
Il apprend d'eux la prompte évasion.
Fuentès pâlit de colère ; il appelle
Ruiz Ribera, son lieutenant fidèle,
Qui sans retard obéit à ses vœux,
Prend dix guerriers, et, partant avec eux,
Lui fait serment de ramener Marcelle.

Il l'atteignait bientôt près du rempart.
Les deux héros, pressés de toute part,
Le sabre en main cherchaient à se défendre ;
Mais Ribera les engage à se rendre.

« Nous rendre ? à qui ? dit le fougueux vieillard.
— Au général, à Fuentès, qui m'envoie.
— Non ! fit Marcelle ; oh ! non ! plutôt mourir ! »
Et plus d'un bras s'apprête à la saisir.
George et Simon de leur fer qui flamboie,
Font autour d'elle un rempart menaçant ;
Et sous leurs coups jaillit déjà le sang.
Ruiz a juré de leur ravir Marcelle ;
Mais il rougit d'un combat inégal.
Oh ! qu'il voudrait les écarter loin d'elle,
Pour les soustraire à la lutte mortelle
Où les entraîne un courage fatal !
Trop vains efforts ! Leur courage indomptable
Peut-il, malgré le nombre qui l'accable,
Livrer Marcelle aux mains des ennemis ?
Ah ! si des murs on entendait leurs cris !
Le prompt secours que leur détresse implore,
D'un tel péril les sauverait encore !
Ils l'espéraient ; et leur glaive autour d'eux,
Comme l'éclair foudroyant et rapide,
Fait reculer jusqu'au plus intrépide ;
Quand Ruiz, soudain se glissant entre eux deux,
Saisit Marcelle ; il l'attire, il l'entraîne ;
Mais le vieillard, s'élançant furieux,

L'arrache aux mains du hardi capitaine ;
Puis fond sur lui, le renverse sanglant,
Et lui plongeait son sabre dans le flanc,
Si, détournant le coup qui le menace,
Un vieux guerrier de Ruiz n'eût pris la place
Et repoussé son terrible assaillant.
Au même instant Marcelle voit son père
Que les soldats frappent de tout côté,
Par leur fureur loin de George emporté ;
L'un d'eux, farouche et bouillant de colère,
Vers lui brandit sa pique dont le fer
Sifflant dans l'ombre a lui comme l'éclair.
Elle frémit d'horreur à cette vue ;
Entre les bras du vieillard, éperdue,
Elle se jette.... et l'acier pénétrant
Perce à la fois et la fille et le père.
Marcelle en pleurs pousse un cri déchirant ;
Son sang coulant à flots rougit la terre ;
Elle s'affaisse, et Simon, en tombant,
Voit dans ses bras expirer son enfant.

George a le cœur brisé : Marcelle est morte,
Il veut mourir ; mais il la vengera !
Le désespoir, la douleur le transporte ;

Terrible, il cherche à frapper Ribera.
Mais que peut-il contre un tel adversaire?
Les dix guerriers l'ont bientôt repoussé,
Et Ruiz échappe à sa vaine colère ;
Il lutte encor... mais de cent coups percé,
Couvert de sang, il chancelle, il succombe ;
Enfin, mourant, près de Marcelle il tombe.
L'infortuné lève alors vers le ciel
Son œil voilé par une larme amère,
En soupirant se souvient de sa mère,
Pleure Marcelle et son trépas cruel,
Et, l'embrassant dans une étreinte avide,
Ferme à jamais sa paupière livide.

Tous trois sont morts! Ribera, consterné,
Se sent ému d'une pitié profonde ;
Sur le glacis qu'un sang si noble inonde,
Il reste morne et le front incliné ;
Des deux héros contemplant le visage
Empreint encor d'une mâle fierté,
Il déplorait leur funeste courage
Que la mort seule, hélas! avait dompté.
Il plaint surtout l'innocente Marcelle ;
Il plaint Fuentès. Il voit, non sans terreur,

Quel coup cruel va déchirer son cœur.
Il veut du moins, à son serment fidèle,
Que de Marcelle, avec un soin pieux,
On porte au camp les restes précieux.
Triste présent ! tendre objet qu'en sa tente
Fuentès longtemps baignera de ses pleurs,
Et dont l'image en lui toujours présente
Éveillera d'éternelles douleurs !

Renée alors, que de justes alarmes
Avant le jour chassaient de son palais,
Jetant de loin le cri terrible : « Aux armes! »
Au Fort-Robert courait vers Rhételais :
« Près du rempart Saint-Sépulcre, dit-elle,
Vers le chemin qui conduit à Noyelle,
Duc, hâtez-vous de mener vos soldats;
Au pied des murs, près de la citadelle,
Je crois ouïr le bruit d'affreux combats;
De cris de mort, d'éclatants coups d'épée
Incessamment mon oreille est frappée;
Et, George absent, sur ces remparts muets,
Ne répond plus à mes yeux inquiets.
Je crains, je crains un sinistre présage!
Courez, volez! » Vers le champ du carnage

Bientôt le Duc et trente cavaliers
Sont emportés sur leurs légers coursiers.
Mais ils n'ont vu, dans la plaine déserte,
Que le sang noir dont la terre est couverte;
Et, sous leurs pieds, près des larges fossés,
Ils ont foulé deux cadavres glacés.
Rhételais tombe à genoux; de ses larmes
Il baigne, hélas! le corps de son ami.
Tous ses soldats de douleur ont frémi.
Deux cavaliers dépouillent de leurs armes
George et Simon qu'ils relèvent sanglants;
Sur son cheval chacun d'eux les emporte,
Et vers Cambrai la petite cohorte
Triste les suit et retourne à pas lents.

Les deux soldats s'avançaient sous la porte;
Les derniers ponts étaient déjà franchis,
Quand derrière eux soudain le pont-levis,
Se redressant, sépare leur escorte.
Normand, suivi de ses nombreux amis,
Accourt sur eux, la menace à la bouche;
Il saisit George, et, d'une voix farouche:
« Holà! dit-il, ce cadavre est à moi!
Tout ce sang m'est vendu! » Glacé d'effroi,

Le soldat veut le frapper de son glaive ;
L'heureux Normand, de sa sanglante main,
Tire le corps qu'on lui dispute en vain,
Le roule à terre, et, souriant, l'enlève.

A l'heure même où, quittant le rempart,
George à Noyelle entraînait le vieillard,
Gilles Normand averti par Lignière,
Des deux guerriers avait su le départ ;
Et, quand de l'aube apparut la lumiere,
Il vit le Duc voler à leur secours.
Maître bientôt de la porte et des tours,
Il attendait qu'il revînt... Quelle joie
De voir tomber ce cadavre en ses mains !
Il s'en saisit comme un loup de sa proie.
Tout, pensait-il, seconde ses desseins,
Et le succès passe son espérance.
De la justice enfin le jour a lui !
Ce sang, versé par d'autres que par lui,
Gráces au Ciel, va doubler sa vengeance.
Avant qu'au Prince, entre ses mains livré,
De ses forfaits soit payé le salaire,
Il jouira de la douleur du père.
Plein de l'espoir dont il est enivré,

Normand parcourt et les murs et la ville ;
A chaque porte il place un chef habile,
Ordonne tout et vole à Cantimpré.
Là, de la porte occupant les barrières,
Veillent déjà Fagnolet et Lignières,
Bernimicourt, de Hennin et Lesart ;
Les artilleurs conduits par Quelleries,
Vont s'emparer des postes du rempart
Et renverser partout les batteries.
Altac près d'eux range tous ses amis,
Prêts à donner l'appui qu'ils ont promis,
En leur montrant la triple cicatrice
Qui saigne encor sur son visage altier,
Le vieux Tribou réclame d'eux justice.
Léoffre enfin, l'élu du peuple entier,
Le chef aimé de toute la milice,
Est là, guidant leur élan généreux,
Jurant de vaincre ou mourir avec eux.

En ce moment le haut beffroi, que dore
Un gai rayon de la naissante aurore,
Frappe les airs d'un long mugissement.
Toujours craintif, Balagni vainement
Depuis huit jours lui prescrit le silence,

Du gros bourdon la voix sonore, immense,
Répand au loin son lent frémissement,
Et du tocsin l'effrayant tintement
A retenti comme un signal d'alarmes.
A cet appel volant de toutes parts,
En un instant tous les bourgeois en armes
Ont envahi la Place et les remparts,
Et, sous leurs chefs, toutes les Compagnies
Au lieu fixé sont bientôt réunies.

En même temps les amis de Normand
Ont vu du pied des coteaux de Sainte-Olle
Vers la cité s'avancer lentement
Les rangs serrés de l'armée espagnole.
Leur joie éclate en confuses clameurs,
Vers ces guerriers s'élancent tous les cœurs ;
On tend vers eux les bras, on les salue
Du nom d'amis et de libérateurs ;
Tous à l'envi, d'une main résolue,
Vont arborer le drapeau rouge aux tours
Que l'humble Escaut protège de son cours.
Normand surtout, à cette heure suprême,
Ne contient plus sa joie et ses transports :
Laissant les siens à la garde des forts,

Vers l'Espagnol il court seul, et lui-même,
Devant Fuentès abaissant tous les ponts,
Veut dans Cambrai guider ses bataillons;
Heureux, hélas! quand sa fureur extrême,
Vouant son nom à l'éternel mépris,
A l'étranger va livrer son pays!

Mais quand le Duc eut vu que les milices,
Lasses enfin de ses noirs artifices,
Loin des remparts repoussaient ses soldats,
Le sang lui bout d'orgueil et de colère;
Vers les mutins il accourt à grands pas,
Gardant l'espoir qu'un châtiment sévère
Va réprimer ces nouveaux attentats.
Douze canons traînés avec fracas,
Pour les bourgeois formidable menace!
Des deux côtés sont braqués sur la Place.
Le Prince encor croit son bras tout-puissant;
Il veut noyer l'émeute dans le sang;
Et, protégé par sa nombreuse escorte,
A Cantimpré son coursier le transporte.
Mais devant lui s'est élancé soudain
Léoffre, fier et l'épée à la main.
« Duc, lui dit-il, quel espoir vous égare?

Ignorez-vous le sort qu'on vous prépare?
Retirez-vous! votre règne est fini!
— Quoi! dit le Duc, le seigneur de Ligni,
Pour mieux ourdir ses trames criminelles,
S'est fait le chef d'un ramas de rebelles!
A vos complots, couverts de mes mépris,
Trompé par vous, hier j'avais fait grâce;
De ma clémence est-ce donc là le prix?
Mais votre sang me payera tant d'audace.
— Point de colère, et trêve à la menace!
Lui dit Léoffre, ou craignez le courroux
D'un peuple entier dont la vengeance est prête!
Mons Balagni, croyez-moi, hâtez-vous!
Car seul, ici, vous risquez votre tête.
— Mais c'est par vous que ce peuple excité
S'égare ainsi, contre moi révolté!
Cria le Duc. Il est temps, sur mon âme,
De châtier cette action infâme!
Ségard, Bodin, vous, chefs élus par moi,
Bonchamt, Danneux, dont j'ai reçu la foi,
Vous, mes amis, saisissez-vous du traître.
— Non, Duc, ici vous n'avez plus d'amis.
Enfin Cambrai ne vous est plus soumis,
Et nul de nous ne voit en vous son maître.

8.

Naguère, hélas! tout fiers d'être Français,
Nous avions vu, le cœur plein d'espérance,
Sur la cité florissant dans la paix
Se déployer le drapeau de la France.
Depuis deux mois, notre sang à longs flots,
Pour le défendre, inonda nos murailles,
Et nous tombions sous le feu des batailles,
Quand vous, plongé dans un lâche repos,
Loin des périls, insultiez à nos maux.
Vous ajoutez l'outrage à l'injustice;
Et chaque jour quelque édit insolent,
En nous rongeant, repaît votre avarice.
Duc, c'en est trop! Votre sceptre sanglant,
Nous le brisons! Si c'est trahir la France,
N'en accusez que votre violence :
A l'Espagnol c'est vous qui nous livrez;
Nous vous devons la honte de nous rendre.
A votre Roi qui devait nous défendre,
Seul, de Cambrai perdu vous répondrez. »

Aux durs accents de cette voix sévère,
Balagni sent bouillonner sa colère :
« Soldats, dit-il, tombez sur ces mutins,
Et châtiez leur impudente audace!

— Duc, dit Léoffre, à nous seuls la menace !
N'espérez rien de vos cruels desseins ;
Retirez-vous ! La lutte est inutile.
Comptez nos rangs ; nous sommes plus de mille,
Tous bien armés et tous prêts à mourir.
Entendez-vous ces clameurs retentir?
C'est l'Espagnol entrant dans notre ville.
Vers lui voyez sous la porte accourir
Vos vieux amis, de Rocourt et Lignière ;
Tous de l'Espagne arborent la bannière.
Voyez Tribou, qui, menaçant et fier,
Avec Altac et sa troupe indomptable,
Vient se venger des outrages d'hier ;
Craignez surtout Normand !... Sombre, implacable,
Avec Fuentès il revient près de nous.
Duc, si Normand vous voit, c'est fait de vous. »

Balagni tremble à ce nom redoutable.
Il voit enfin la ruse de Normand.
Le fou cachait son long ressentiment,
Et c'est le père aujourd'hui qui se venge !
La peur étreint ce cœur pétri de fange.
Pâle et muet, vers la place il s'enfuit,
Et son escorte en désordre le suit.

Là, quel spectacle accroît son épouvante !
Partout mugit l'émeute triomphante ;
A chaque issue où l'effroi le conduit
Le peuple ardent dresse une barricade ;
Chaque maison lui cache une embuscade.
Aussi n'a-t-il qu'un seul soin : se sauver !
Tremblant, il fuit, et dans la Citadelle,
Loin du tumulte, il ose enfin braver
Les Espagnols et la cité rebelle.

Aux premiers sons du sinistre tocsin,
Renée aussi, de sa garde escortée,
Vint au milieu de la foule ameutée ;
Tous ses amis l'ont retenue en vain.
Ferme, elle affronte un danger qu'elle ignore ;
Elle espérait pouvoir dompter encore
Ce peuple altier qu'elle a vu tant de fois,
Calmé d'un mot, se soumettre à sa voix.
Cruelle erreur ! La milice infidèle
Court se mêler au peuple armé contre elle.
Son cœur s'indigne, et, blême de courroux,
La pique en main, vers une barricade
Elle s'élance, et déjà l'escalade ;
Mais les mutins redoutent peu ses coups ;

Vomissant tous la menace et l'insulte,
Sur elle ils vont se ruer en tumulte,
Et, désarmée, ils la poussent loin d'eux.
Les yeux en feu, le front haut, elle ordonne
Au vaillant chef de sa garde wallonne
De châtier ces bandits furieux.
« N'exigez point de lutte fratricide,
Madame, dit le chef. Le Duc perfide
A trop de fois trompé tous mes soldats ;
Pour lui, contre eux, ils ne se battraient pas.
— Je ne vois donc partout que des rebelles !
Nobles guerriers, qu'un vil prix fait changer,
Dit-elle, allez vous vendre à l'étranger !
Mais vous du moins, mes Suisses, mes fidèles,
Vous, mes amis, accourez me venger ! »

Des deux côtés, pressé par les milices
Et par les rangs des cavaliers wallons,
Le bataillon des trois cents gardes suisses
Reste immobile. A ces soldats félons
Renée encor fait un appel suprême.
Leur commandant lui déclare lui-même
Que Balagni, violant toute loi,
Par ses forfaits a dégagé leur foi.

Ils n'iront point secourir les rebelles ;
Mais pour défendre un tyran odieux,
Jamais leur bras ne s'armera contre eux.

Il achevait ces paroles cruelles,
Quand vers Renée accourt tout effaré
Un vieux soldat, criant de loin : « Princesse,
Tout est perdu ! Fuyez ! le moment presse !
Fuentès vainqueur dans la ville est entré !
— Eh ! que fait donc Balagni ? lui dit-elle.
— Nous l'avons vu fuir vers la Citadelle.
— Oh ! le cœur lâche et digne de mépris !
Mais où sont donc Rhételais et mon fils ?
— En ce moment dans les murs de la ville
Rhételais rentre avec sa troupe agile. »

Au même instant du bas de la cité
Mille clameurs vers la Place ont monté ;
Soudain partout les barricades tombent ;
De Balagni les derniers défenseurs
Luttent en vain ; sous le nombre ils succombent,
Et, de leur Duc maudissant les fureurs,
Pour conjurer une honte nouvelle,
Courent du moins sauver la Citadelle.

La foule alors, comme un torrent fougueux,
A flots pressés sur la Place s'élance ;
Suivi des siens, Léoffre la devance,
Et vers Renée il accourt avec eux.
« Quoi ! vous aussi, Ligni ! s'écria-t-elle.
Quoi ! c'est par vous que nous sommes trahis,
Vous qui juriez de nous rester fidèle !...
— Je dois servir avant tout mon pays,
Madame, dit Léoffre. Je déplore
L'avidité du Prince qui vous perd.
Mais sauvez-vous, il en est temps encore !
Un secours sûr par moi vous est offert ;
J'accours moi-même ici pour vous défendre.
Fuyez ! sinon Fuentès va vous surprendre.
— Moi, fuir ! jamais ! » dit-elle avec fierté.
Léoffre plaint l'héroïque Princesse ;
Il admirait son courage indompté,
Quand, des mutins perçant la foule épaisse,
L'ardent Devic, entouré de soldats,
Pour la soustraire au péril qui la presse,
Vers elle aussi précipite ses pas.
Mais vains efforts ! « Que fait mon fils ? dit-elle.
— Tous vos amis sont dans la Citadelle ;
Georges sans doute avec eux vous attend.

— Je veux le voir. Que mon fils, à l'instant,
M'amène ici cette troupe fidèle.
Dans mes soldats, sa généreuse ardeur
Réveillera le courage et l'honneur.
Rien n'est perdu ! mes amis, de l'audace !
De ce torrent dont le flot nous menace,
On peut encor dissiper la fureur. »

Disant ces mots, contre un groupe rebelle,
Elle entraînait ses amis avec elle.
Soudain, parmi ce peuple révolté
Dont la colère éclate en cris barbares,
Elle s'arrête... Au cœur de la cité
Ont retenti de joyeuses fanfares ;
Et l'Espagnol triomphant, sous ses yeux,
Va déployant ses bataillons nombreux.
Sur son coursier, fier du héros qu'il porte,
Fuentès, l'œil sombre et le front soucieux,
Marche suivi d'une brillante escorte,
Mais, malgré lui, sous son armure noire
Laissant percer l'orgueil de la victoire.

Renée enfin a senti dans son cœur
S'évanouir sa dernière espérance ;
Ce coup suprême a brisé sa constance ;

Elle succombe au poids de sa douleur.
Elle pâlit : sa blessure se rouvre ;
Son sang rougit le bandeau qui la couvre ;
Sur son visage on le voit rejaillir ;
Elle chancelle et se sent défaillir.

On vit alors, ô scène épouvantable !
On vit parmi cette foule indomptable
Un citoyen, courbé sous un fardeau
Couvert d'un voile aux yeux impénétrable,
Venir, criant d'une voix lamentable,
Comme la voix qui sort d'un noir tombeau :
« Où donc es-tu ? Balagni ! viens, bourreau !
Gilles Normand apporte à ta famille
Ame pour âme, et ton fils pour sa fille ! »

Il dit, et l'œil de rage étincelant,
Il jette à terre un cadavre sanglant
Qui va rouler jusqu'aux pieds de Renée.
« Georges ! » fit-elle. A ce cri de douleur,
Le peuple entier a reculé d'horreur.
Elle, longtemps sur son fils inclinée,
Couvre de pleurs et presse dans ses bras
Ce triste corps qu'a glacé le trépas ;
Puis, se tournant vers la foule étonnée :

« Peuple, dit-elle, infidèle à ton roi,
Traître à la France ! à quel crime on t'entraîne !
Ah ! je te plains ! Du moins George, avec moi,
Tombe en héros !..... et je meurs Souveraine ! »
Et, s'affaissant auprès de ses amis,
Dont la douleur se contient avec peine,
Renée expire en embrassant son fils.

A ce tableau, tous les yeux attendris
Versent des pleurs ; détestant sa victoire,
Le peuple ému priait agenouillé ;
Fuentès lui-même a rougi de sa gloire ;
Triste, il courbait un front humilié.

Quant à Normand, vainement de son crime
A l'Espagnol il réclame le prix ;
Lui-même a vu s'échapper sa victime,
Et le vainqueur l'accable de mépris.
Morne et confus, il s'éloigne en silence ;
Le remords naît dans son cœur outragé ;
Et de ce peuple en un instant changé,
Pour lui déjà craignant la violence,
Il murmurait : « Je ne suis point vengé ! »

FIN

NOTES

I

Dans ce petit poème, l'auteur a voulu dépeindre une des époques les plus intéressantes de l'histoire de Cambrai, celle où la ville, tombant sous le pouvoir absolu de l'Espagne, a perdu ses franchises et son indépendance, qu'elle n'a plus recouvrées depuis.

Presque tous les personnages qui y figurent sont historiques, et l'auteur s'est efforcé de leur donner leur vrai caractère. Quelques mots sur les principaux d'entre eux dispenseront le lecteur de recourir à l'histoire pour se rappeler leur physionomie.

Jean de Montluc, seigneur de Balagni, était le bâtard de Jean de Montluc, qui fut élevé à l'évêché de Valence, et qui était le frère de Blaise de Montluc, maréchal de France. Balagni était un homme débauché et sans grande énergie; mais il était poussé par la puissante influence de sa femme, Renée d'Amboise. Le duc d'Alençon, qui s'était emparé de Cambrai, l'en avait nommé gouverneur; Henri IV lui conféra le titre de

Duc de Cambrai et du Cambrésis, et lui donna le bâton de Maréchal.

Renée d'Amboise était la sœur du brave Louis de Clermont-Bussy d'Amboise. Ils descendaient d'un collatéral du cardinal Georges d'Amboise. Tous les historiens s'accordent à représenter Renée comme une femme d'un grand caractère; ambitieuse sans doute, mais d'un courage au-dessus de son sexe. Pendant le siège, elle montra la plus grande intrépidité et une mâle énergie.

Don Pedro Henriquez d'Azevedo, comte de Fuentès, né à Valladolid en 1560, se distingua par ses talents militaires et diplomatiques sous Philippe II, Philippe III et Philippe IV. A la bataille de Rocroi, il commandait cette fameuse infanterie espagnole qui passait pour invincible.

En 1559, Cambrai fut érigé en archevêché, Louis de Berlaymont, le deuxième archevêque, fut élu en 1570. Il fut obligé de quitter Cambrai quelques années après. Il était fils du comte de Berlaymont, qui descendait des anciens seigneurs de Saint-Aubert. C'est ce comte qui dit à Marguerite, gouvernante des Pays-Bas, alarmée de voir un grand nombre de seigneurs s'associer pour s'opposer à l'Inquisition : « Ne craignez rien, Madame, ce ne sont que des gueux. »

Louis de Berlaymont fut le dernier Prélat qui ait été souverain de Cambrai.

Le duc de Rhételais était le fils de Louis de Gonzague, duc de Mantoue, qui avait épousé Henriette de Clèves, héritière du duché de Nevers. Louis de Gonzague se fit naturaliser Français en 1566, et fit ériger le duché de Nevers en duché-pairie.

Le sieur de Vic, surnommé Jambe de bois, arriva à

Cambrai avec un secours de cinq cents hommes. Cet officier était le plus habile homme qu'il y eût alors en France pour la défense d'une place.

D'après la chronique, Gilles Normand, riche brasseur, chercha, dès les premiers jours du siège, à soulever contre Balagni les bourgeois et les chefs des milices, et il les poussa à demander une capitulation.

Buisseret, qui fut depuis archevêque de Cambrai, fut le principal négociateur, entre Fuentès d'une part et Louis de Berlaymont et les bourgeois de l'autre, pour stipuler les conditions de la reddition de la ville.

Léoffre de Ligni et de Villers au Tertre fut choisi par les milices comme chef de l'insurrection ; il courut plus d'une fois risque de perdre la vie. Il échappa à la mort par l'assurance qu'il montra vis-à-vis de Renée.

II

Le Flot de Cayère était une vaste retenue d'eau située entre le Grand Marché et la place au Bois (ou Pré d'amour). Il était ainsi nommé parce que près de là s'élevait la *Cayère d'infamie* ou l'échafaud sur lequel on exposait les criminels.

III

La mort de Renée est conforme au récit des historiens.

« Après avoir reproché à son mari d'avoir assez de lâcheté pour survivre à son malheur, elle mourut de chagrin un peu avant la reddition de la citadelle, et avec joie, disent quelques-uns, parce qu'elle mourait avant de *cesser d'être Princesse.* »

Les bourgeois et le peuple se repentirent bientôt d'avoir livré la ville à la domination étrangère : loin de recouvrer leurs privilèges et leur liberté, ils furent soumis au pouvoir despotique du roi d'Espagne.

Cambrai fut rendu à la France par le traité de Nimègue, en 1678.

TABLE

A PARIS

DES PRESSES DE D. JOUAUST

Imprimeur breveté

Rue Saint-Honoré, 338